相馬時夜

「為了查出當年的真相
——我們缺一不可。」

溫柔內斂的東方貴族，
與法芙娜有過婚約，目前從事警探工作。
視法蒂娜為妹妹，對法蒂娜如今的火爆
脾氣充滿包容。

惡役伯爵調教日記

The Villain Earl's Discipline Diary

赫滅

「獅子心共和國，
將因我而偉大。」

獅子心共和國的宰相，深藏不露，難以捉摸。
政治手腕強悍，是蘭提斯大陸上公認最有權力的男人。

GOBOOKS
& SITAK
GROUP©

GOBOOKS & SITAK GROUP

三日月書版

三日月書版

帝柳
Illust. 深雪
惡役伯爵
調教日記
The Villain Earl's Discipline Diary
volu
2
輕世代
FW345
三日月書版

惡役伯爵
調教日記
The Villain Earl's Discipline Diary

CONTENTS

惡役伯爵調教日記

The Villain Earl's Discipline Diary

福斯特・法蒂娜

「那些傷害過我姐姐的人，
我一個都不會放過。」

曾經是個爛漫天真的少女，
但在姐姐遇害之後，一夜白髮，性格大變。
脾氣惡劣，凡事以自我為中心，
對於阻礙自己的人事物都極度厭惡。

惡役伯爵調教日記

The Villain Earl's Discipline Diary

黑格爾

「法蒂娜大人，只要是有關您的事情，屬下什麼都知道喔。」

病嬌的跟蹤型人格，凡是關於法蒂娜大人的事情都掌握得一清二楚。
非常依附著法蒂娜，倘若法蒂娜否定自己的作為就會陷入陰沉的情緒之中。

The Villain Earl's
Discipline Diary

序幕

日和國——

東方人種的聚集地，蘭提斯大陸上五國之一，人稱麻雀雖小卻五臟俱全的國家。

和其他國家不一樣的地方，在於日和國就像披了一層面紗，充滿異國風情與神祕色彩。

東方人種在蘭提斯大陸上是相對稀少的種族，人數不多，卻個個精通經商，許多國際知名商賈都是日和國出身。

也因為握有豐厚的資金，日和國即便本身缺乏天然資源、人口偏少，依然能夠透過國際貿易獲取物資，使國家持續發展。

混合著東方的各種元素，人們生活在這片小小的島嶼上，卻能在有限條件下過上最好的生活機能。

這點，一直是法蒂娜所佩服的。

這些都是從她小時候讀的書中認知到的知識，長大以後她才發現日和國民族性的另一面。

「從今天開始解除婚約——」

一名擁有東方人種面孔的中年男子，沉著臉，嚴肅地對著福斯特家族的人宣布。

他們來自日和國的相馬家族，法蒂娜當時的年紀還小，卻也已經明白，這意味著時夜哥哥和法芙娜姐姐之間的婚約解除。

實際上早在對方這麼宣布前，法蒂娜就很清楚，姐姐和時夜哥哥已經不可能了。

只是讓法蒂娜生氣的是，挑這個時機來特意宣告，會不會太過分了點？

姐姐還屍骨未寒，福斯特家族的人都還在治喪之中，這個從日和國出來的相馬家族就派人來宣告解除婚約？

那時候的法蒂娜還不能理解，只能將這份怒氣波及到時夜哥哥身上——儘管他一直在治喪期間提供協助與各種幫忙。

「為什麼你們家族的人非得這麼快來通知？就不能等姐姐的後事處理好之後再說嗎！」

四下別無其他人，在這福斯特莊園一處，只有累積不滿的法蒂娜，以及承受怒意的相馬時夜。

「抱歉，法蒂娜……我也沒想到家族竟會這麼快派代表來……」

相馬時夜垂著頭，目光看著地面，臉上滿是虧欠。他的致歉確實充滿誠意，但法蒂娜依舊無法馬上領情。

「我不能接受，這樣對姐姐來講太過分了，姐姐她——姐姐她是這麼的喜歡你！」

法蒂娜握緊拳頭，肩膀微微顫抖，語氣激動卻開始哽咽：「姐姐她……是這麼期待著成為時夜哥哥的新娘……她總是牽著我的手，偷偷跟我說，若能嫁給你就是最幸福的夢想……」

一邊說著，法蒂娜的腦海一邊浮現姐姐的聲音與容貌，是那樣的溫柔，那樣地沉醉在美夢之中，捧著的臉頰綻放著玫瑰般的紅潤……

就連法蒂娜自己，光是看著她就能一起感染幸福。

如今，姐姐卻再也無法待在她的視線範圍內，再一次訴說著這段充滿夢幻感的話。

「對不起……法蒂娜……對不起，法芙娜……」

頭垂得更低，聲音同樣悶得幾乎快吐不出隻言片語，相馬時夜那時候的道歉，至今依然如咒語一般，時常反反覆覆地讓法蒂娜想起。

但是，那又如何呢？

此刻，對於已經長大成人、重新蛻變成另一副模樣及心境的法蒂娜，相馬時夜當年的道歉……

縱使說個一百遍，一千遍，或一萬遍，也換不回姐姐。

唯有復仇之火，以及找出真相的執著，才能消除至今為止在法蒂娜心中紮根的恨意。

The Villain Earl's
Discipline Diary

第一章

「法蒂娜大人，接下來的行程，是要前往日和國做巡迴參訪的第二站，對嗎？」

身邊傳來黑格爾的提問，他一手拿著行程表，一邊確認。

「要去那個充滿銅臭味的國家，我光想到就覺得反胃。」

法蒂娜挑了一下眉毛，一副興趣缺缺且慵懶的模樣。

「但是，您依然得去做做樣子，不是嗎？」

「說得還真直接，你這傢伙是不是忘了自己的身分啦，黑格爾？」

眉頭一皺，法蒂娜的目光投向黑格爾。

「我只是說出實情罷了，法蒂娜大人您太敏感了。」

黑格爾將行程表收起來、夾在腋下，轉過身來面帶微笑地看著她。

「你這是雙關語嗎？要不要讓我來測試一下你是不是比我還敏感，不管心理還是身體的部分？」

「哎呀，法蒂娜大人您這樣可不太好，一大早的，就對我做出如此誘惑，還真是不敢恭維哪。」

「你以為我真不敢現在對你怎樣？」

法蒂娜突然從躺椅上起身，一手往前、迅速且強而有力地拉住黑格爾的領帶，將對方一鼓作氣地扯近自己。

「法蒂娜大人，您若想現在直接進入練習時間，我也奉陪到底……只要您不顧慮到出發的時間。」

黑格爾嘴上依然掛著游刃有餘的笑，一邊刻意地舉起手來、看了一下手表。

「哼，我只是說說而已，走吧。」

翻臉比翻書還快，法蒂娜立刻甩開黑格爾的領帶，站挺身子並且雙手抱胸、別過頭去。

「遵命，那麼出發之前，我尚有一個問題想要詢問法蒂娜大人。」

「快說。」

似乎是挑起了法蒂娜的好奇，她這才將頭轉回去看向黑格爾。

「法蒂娜大人——在日和國『清單』上的人，您有把握查個徹底嗎？」

無論是他的眼神或語氣，都在瞬間嚴肅下來。同樣的，身為被這麼一問的當事者，法蒂娜的神情也跟著轉變。

「剛才，你說我這次去日和國是為了做做樣子……只說對了一半。」

這次，換法蒂娜的嘴角微微上揚，朱紅色的豔麗雙唇，吐出了下一句答覆：

「除了去做做樣子——我當然是有把握把『清單』上的人查個徹底，才會花這時間力氣特地前往，不然我早就推卸掉了，你還不懂我嗎？」

「呵，不愧是法蒂娜大人，那麼我依然只有一句話要送給您。」

黑格爾微微彎下腰來，一手覆在胸前，恭敬又誠意地對著法蒂娜欠身道：

「再次祝您武運昌隆，法蒂娜大人。」

「哈，被你說得像我每次都直接把人往死裡打一樣。不過，我確實喜歡這麼做。」

在收到黑格爾的祝福後，法蒂娜一笑，頗為滿意。

隨後，她一如既往地穿著長筒軍靴，甩了甩一頭雪白長髮，渾身上下散發著強勢颯爽的氣場，從自家大門跨了出去。

踏上前往日和國的復仇之路。

「日和國，還真是什麼都狹小什麼都昂貴的小島。」

一抵達日和國，法蒂娜便冷冷地嘲諷了一下這塊土地。

實際上，放眼看去，不管是日和國的全國地圖，還是眼前架上所販售的商品，都能讓法蒂娜有這種感受。

日和國是獨立島國，和蘭提斯大陸本土並不連接，雖然距離不遠，但由於這裡大多是東方人種，和本土的文化風情就是顯得十分不同。

天氣方面，由於是島嶼國家、四面環海，比起有著大範圍陸地的蘭提斯大陸，空氣中的溼度明顯增加許多。

法蒂娜一離開交通工具，整個人就有種說不上來的黏膩感。原本想讓黑格爾去買瓶裝水來喝，在見到各種昂貴的價格後便忍了下來。

反正也沒口渴到不行，再忍一忍，等等就會有人來迎接了吧？

「看看時間，要來迎接的傢伙應該也該到了，不會又跟上次一樣給我遲到吧？」

法蒂娜抬頭瞄了一眼掛在店家牆上的時鐘，皺起眉頭。

「是在找我嗎？亞弗公國的福斯特伯爵大人？」

話才剛說完，一道清爽的男性嗓音便從後方傳來。法蒂娜回頭一看，就見穿著一身非常符合日和國民族風服裝的男子，笑咪咪地問候她。

「哦，就是你吧？日和國的男爵，相馬辰己。」

來者有個熟悉的姓氏，來自日和國當地望族相馬家族的黑髮男子，就是此次負責招待她巡訪的人。

雖然同姓，但法蒂娜不確定這人是否跟相馬時夜認識，或者該說是否熟識。

她眼中的相馬辰己，看上去就是一種「標準生意人」的模樣：

梳得整整齊齊、一絲不苟的油頭，深黑色短髮突顯他皮膚的白皙，一雙同樣深邃的黑眼珠，笑得彎彎如上弦月般看著法蒂娜。再加上全身上下都是高檔名牌貨，以及隱約的高級古龍水香味。不過大抵是經過精心打扮，相馬辰己若在人群中確實算是個頗為俊俏的男性。

「果然，這說話方式，真是傳聞中的福斯特伯爵大人，我也總算是親自體會到了。啊，不好意思，我沒別的意思，只是久聞妳的事蹟與作風，包含妳的美麗在內。若哪裡有冒犯之處，還請福斯特伯爵大人見諒。」

相馬辰己說著蘭提斯大陸上的通用國語，雖已經相當流利，仍多少有一點日和國人的口音。

「我知道，但就算你有別的意思我也沒差。我就是這樣的一個人，你早點知道也是好事。」

法蒂娜一點也不以為意，淡漠地回道。

她心想，還真是什麼樣的國家培養出什麼樣的國民。這個相馬辰己就是以經商出名、賺進了大筆大筆的錢，甚至有人說他是靠錢才買下了爵位。聽他說話如此油腔滑調，搞不好那個傳聞是真的也說不定。

「福斯特伯爵大人還真是直白，不過我很欣賞。我是商人出身，常常接觸到一些需要拐彎抹角談生意的人，像妳這樣直接了當很讓我省心。」

相馬辰己的眼睛彎彎眯起，說實在的，法蒂娜也很難分辨出這傢伙是否真的在笑。

他的雙眼彷彿無時無刻都是笑成一條線的狀態，就好像在眼角上了強力膠，將眼型定調在那個狀態。

「啊，抱歉，讓妳一直待在這裡是我失禮了，我已備好車，請跟我來吧。」

相馬辰己馬上向法蒂娜欠身、伸出手邀請，法蒂娜沒有多做回應，一如往常地擺出高冷的架子邁開步伐。

黑格爾在法蒂娜身後靜靜觀察著相馬辰己。和之前第一位接觸到的萊德侯爵不同，此人身上雖然充滿了生意人的氣息，在禮節上都拿捏得還算合格。

因此到目前為止，黑格爾並不討厭對方，雖然只要是意圖接近法蒂娜大人的男人，他從不會特別有好感到哪去。

尤其是相馬家族的男人——

絕對不能掉以輕心。

他跟在法蒂娜身後一同上了相馬辰己的磁浮轎車，一坐定，就見到早已準備好的香檳桶與各種甜點。車內空間寬敞舒適不說，光是這種迎賓方式就讓主從兩人感受到了對方的誠意。

尤其是和上一次遲到的萊德侯爵相比，相馬辰己簡直是貼心到不行了。

「這瓶香檳，我記得是限量產的吧？別人能喝到一杯就開心得要命，你這是要給我喝一整瓶的意思嗎？」

車子引擎發動，開始向前行駛，法蒂娜也拿起放在冰桶裡那罐包裝金澄澄的香檳，豪邁地打開瓶蓋。

「當然，為了接待福斯特伯爵，這只不過是一點微薄心意。若車上的喝不夠，回到寒舍還有幾瓶可以供妳享用。」

親自駕駛的相馬辰己，相較於其他貴族高高在上的氣場，他的種種作為相對親民。

「還真是捨得啊，不過你這樣招待沒問題嗎？你不是說了嗎，你可是生意人，生意人不會做沒有利益的事吧？」

法蒂娜雖是這麼犀利地質問對方，卻毫不在意地啜飲著相馬辰己提供的香檳。口感果然爽口沁涼，搭配如絲綢般的質感與輕柔的氣泡，實在是難以描述的好喝。

特別是在日和國悶熱的環境下，能喝上這一口香檳，就是沁心涼爽。

「拿出最好的一切招待遠道而來的貴客，讓我們日和國的形象在妳心中加分，或許就有機會增加好名聲。若能因此得到好效果，這幾瓶香檳的花費不就值得了？」

相馬辰己抬起眼來，笑著看向後照鏡中的法蒂娜。

「嗯，這種算盤倒是打得很不錯，看來你是個有遠見的人，想得可真遠啊。」

法蒂娜嘴角一揚，她的說話方式即使好似在稱讚，卻也讓人有點懷疑是不是被嘲諷了。

通常在這種情況下，聽聞的一方都會有點不是滋味，相馬辰己卻用一貫有禮的口吻回應：「承蒙讚美，那麼我相馬辰己就收下了。對了，妳身旁的隨從，是黑格爾先生對吧？也請他別太拘謹，我同樣替他準備了一瓶同等級的香檳，請一起享用。」

「男爵大人您也有準備我的？」

一聽到相馬辰己點名自己，黑格爾當下真的有些驚喜，沒想到就連他也有專屬一瓶高檔香檳。

不，香檳是其次，重點在於以相馬辰己的身分，根本無需替他準備到這種程度。

平時，黑格爾早就對差別待遇習以為常，他很清楚自己的身分地位，再怎麼說就只是個服侍法蒂娜大人的下僕。

沒想到相馬辰己不僅替自己準備了香檳，還知曉自己的名字……這份尊榮感，還真是難得能感受到。

「人家都這麼說了，你就不要客氣，喝光那瓶香檳吧，黑格爾。」

法蒂娜轉過頭去，對著身邊的黑格爾說道。她一邊說話，一邊能從她嘴裡聞到那股迷人微醺的香檳氣味。

「是，那麼恭敬不如從命了……也感謝男爵大人您的盛情。」

既然法蒂娜大人都這麼說了，黑格爾便拿起冰桶裡的另一瓶香檳，小心翼翼且謹慎地打開瓶蓋、慢慢品嚐。

「對了，你是相馬家族的人，那你認識相馬時夜嗎？」

法蒂娜啜了一口香檳後，又挑起新的話題。

只是沒想到法蒂娜這麼一問，本來開車開得順順的相馬辰己，忽然間讓車子稍稍頓了頓。儘管只有一瞬間，相馬辰己也很快就恢復正常地開車，但無論是法蒂娜還是黑格爾都注意到這一剎那的異狀。

「看來，我提了一個不合宜的問題？」

法蒂娜試探性地問道。

「怎麼會呢……福斯特伯爵妳想太多了。」

相馬辰已雖是這麼說，但語氣明顯低沉許多，讓法蒂娜聽得出這其中有蹊蹺。

「相馬時夜，雖然我們同屬一個家族，但我實在跟他不太熟呢……我只知道，他好像已經和我們相馬家沒什麼來往了吧？」

就像深怕法蒂娜多問下去，相馬辰己主動回應了這個問題。

「誰知道呢，連你這個在相馬家族裡的人都不知了，怎麼會反問我？」

法蒂娜聳了一下肩膀，這時也把一瓶香檳喝完再開第二瓶了。

「哈哈，這倒也是，是我問了一個蠢問題啊，還請福斯特伯爵大人見諒。原諒我在開車的時候，注意力比較無法集中。」

相馬辰己乾笑了兩聲，這回法蒂娜並沒有再追問，只是和黑格爾互看了一眼，便繼續靠窗喝著香檳。

一路上，她轉而安靜地看著車窗外的景色，畢竟她算是難得有機會離開蘭提斯大陸本土來到日和國。

島嶼國家陽光充足，路上都是來來往往的人群和車輛，但都市規畫得很好，建築不會讓人有過於擁擠的感覺。

車窗外，大都是有著黑髮黑眼珠黃皮膚的東方人種，像法蒂娜和黑格爾這類的西方人種，走在日和國的街上大概十分顯眼。

在廣袤的蘭提斯大陸本土上，這種地狹人稠的景象不常看見，即便是大國的首都，也都是非常碩大空闊的規畫。

「在這邊生活不容易吧……」

法蒂娜看著車窗外，喃喃自語。

這裡的每棟樓房都掛著各式各樣、琳瑯滿目的招牌，彷彿每一張都發出殷勤招呼，要人們都進去店裡消費。

日和國，就是給人這麼商業發達印象的國家，幾乎沒有什麼天然資源，國土狹小，國民卻都有一顆積極從商且精明的生意頭腦。

很快的，行駛中的車子也終於緩緩停了下來，最後停泊在一間同樣充滿東方風格的宅邸前。

「我們到了，福斯特伯爵大人。」

前方先傳來相馬辰己的聲音，再見他下了車，紳士地替法蒂娜開了門。這讓一旁的黑格爾有些愣住，這個替法蒂娜開車門的動作，向來都是他這名隨從在做的事。

沒想到自己竟會慢了一步……忽然覺得這個相馬辰己還真是有點太過厲害，服侍得太周到，幾乎讓人忘了他的男爵身分。

「歡迎來到我們相馬家族的度假行館，青鳥居。」

相馬辰己站在這棟東方建築的大門前，雙手攤開，頗為自豪地向法蒂娜介紹。

石砌堆疊而成的大門，看似簡樸實則帶著沉穩霸氣。越過這扇門，是翠綠的東方庭園造景，在蘭提斯大陸本土看不太到的假山擺設，以及飼養了一群色彩斑斕錦鯉的魚池。

在相馬辰己的帶領之下，法蒂娜和黑格爾一起走進這座「青鳥居」。隨著腳步深入，還能聽見竹筒敲打石面的脆響及潺潺流水聲，充滿禪意。

這些一樣都是在蘭提斯大陸的其他國家難以感受到的，也難怪日和國的觀光業十分發達，不少像她這樣的外國人就是來體會這種異國風情。

不過，法蒂娜始終沒有忘卻自己的來歷。

更沒有忘卻自己的目的。

表面上是以新任福斯特伯爵的身分進行各國巡訪，實則在驗證與找出「清單」上的真凶。

法蒂娜看著相馬辰己的背影，即使是和相馬時夜相似的東方人種及文質彬彬的氣質，她的目光卻和看相馬時夜時完全不同。

「法蒂娜大人，這位就是您前往日和國要確認的『清單』人物？」

在前往日和國的前一天，黑格爾看著桌面上的一張側拍照片，問向正抬頭挺胸、舉槍瞄準前方的自家主人。

「沒錯，他就是我『清單』上的第二名嫌疑人。」

法蒂娜手持狙擊槍，瞇起一眼，試著瞄準放在前方遠處的標靶。

「單看長相，就知道是有點難以捉摸的類型呢。不是有這樣的傳聞嗎？雙眼總是笑瞇瞇的人，實際上都深不可測。不過，我相信法蒂娜大人您一定也做了些許事前準備，不會空手應對的。」

黑格爾一邊看著照片中的男人，一邊向法蒂娜說道。

「黑格爾，我是那種會空手而去的人嗎？別小看我了。」

話音一落，法蒂娜同時扣下扳機，槍聲連同子彈飛射而出，精準地擊中槍靶中心。

「我從沒有敢小覷您的念頭，一次也沒有，法蒂娜大人。您明知，我比誰都還要緊緊地看顧著您，您的一舉一動幾乎不曾從我眼皮下溜過，我豈會不知道您的厲害？」

「夠了，看在最後一句話的份上，我就不先不追究你前半段話的噁心。」

冷冷地回應黑格爾後，法蒂娜又迅速地朝前方槍靶開了幾槍，明顯在發洩不悅。

「哎呀呀，您的槍法似乎又更精準了。」先是當作什麼都沒聽見，隨後黑格爾又補上一句，「不過請您放心，無論對方是怎樣的一個人——這位名叫相馬辰己的人物也逃不出您的手掌心。」

相馬家族目前最年輕具有名望，經商手段高明，無論長相或腦袋都首屈一指的男人，並且去年才剛拿下男爵之位的相馬辰己，就是法蒂娜此次的目標。

到目前為止，相馬辰己一如傳聞，彬彬有禮、做人周到，以至於許多商賈名流都喜歡和他交易來往。

但是，縱使表面上再怎麼光鮮亮麗，法蒂娜心底更清楚——這個男人一定有什麼掩蓋起來的不可告人之處。

否則，在法芙娜姐姐的日記上……就不會留下那麼一段記載。

「福斯特伯爵大人？妳在想什麼嗎？」

忽然一道聲音打斷了法蒂娜的思緒，這才將她的注意力拉回現實。

「嗯，確實是剛好想到某樣事情。」

法蒂娜抬起頭來看向方才出聲詢問的相馬辰己，毫不遮掩地直接回答。

「不知道是什麼事情，能讓福斯特伯爵大人如此沉浸其中？我剛剛可是連續叫妳幾次，妳都沒有回應呢。」

相馬辰己的雙眼不管何時看上去都像是在笑，因此難以辨別他此刻這句話裡是否有其他意味。

「這可是女人的隱私，這麼挑明問可就不識趣了，相馬男爵。」

「那倒是，真是抱歉，那麼我有幸請妳入內並帶您看看這段時間要入住的房間嗎？」

「走吧。」

沒有半點客氣推辭，法蒂娜冷傲地回應。

「歡迎福斯特伯爵大人大駕光臨——」

才剛踏進正屋大門，法蒂娜就見到前方一字排開迎接自己的僕人。他們有男有女，全都恭敬地跪坐在地上。在她入內的當下，全體整齊劃一地伏地躬身，整個場面看來既有氣勢又給人滿滿的尊榮感。

但法蒂娜早已習慣這種陣仗，她泰然地點了頭，隨後就見身旁的相馬辰己以一個手勢示意。僕人們立即起身，著手替法蒂娜拿取行李、脫下外套，讓她享受到最頂級的服務。

「福斯特伯爵大人，妳應該還未用午膳？我已命人準備好餐點，一起用膳吧？」

「那就走吧，我正好也有些餓了。」

法蒂娜順應對方的意思，由相馬辰己引領前往用餐。

日和國的東方美食讓法蒂娜吃得不太習慣。她還是喜歡肉類，能大快朵頤的肉，最好血淋淋的狀態——

在這裡，相馬辰己提供的餐點都太過清淡精緻，各種由蔬菜精雕而成的食物，肉類僅僅只占一點點。雖都是最頂級的肉品，整頓吃下來卻讓法蒂娜完全沒有飽足感，充滿空虛。

想。

「好——累——」

這是回到房間，第一個動作就是往床鋪倒下的法蒂娜，經歷這一切的唯一感想。

「法蒂娜大人，您辛苦了，待會我替您備熱水澡，讓您舒緩放鬆一下吧。」

看著將臉埋入枕頭的自家主人，黑格爾搖頭苦笑。

「不用了，我是心累——那傢伙怎麼可以如此無懈可擊。」

法蒂娜埋在枕頭裡動也不動，聲音低沉毫無起伏，難得有氣無力地回應黑格爾。

「嗯，能讓法蒂娜大人這麼評價，可見這次的敵人不好處理呢。」

黑格爾其實也頗為認同法蒂娜的評語，他從頭到尾都跟在法蒂娜身邊，看著她和相馬辰己之間的互動。

或許是上一次的萊德侯爵表現得太過紈絝子弟，這回的相馬辰己就顯得非常得體大方，精心規畫一切。一舉一動都沒有露出什麼破綻，就連底下的那群僕人，目前看上去也都表現良好，不會曝露主子的多餘資訊。

真要說的話，初步接觸觀察下來的缺點，僅僅是相馬辰己的說話方式太過油條，還是擺脫不了生意人的感覺。

這樣看上去近乎完美的男人，他的名字卻確確實實出現在「清單」上。

「那傢伙表現得真的太好……我看了都覺得噁心……」

「會不會有這種可能呢？就是……『清單』可能有錯？」

「不可能有錯。」

一聽到黑格爾這麼說，本來懶洋洋趴在床上的法蒂娜馬上反彈坐起身，斷然地否定。

「法蒂娜大人，我記得您列『清單』的人選時，都是透過法芙娜大人的日記來找出目標，會不會她只是稍微提到相馬辰己，您就誤以為他有嫌疑，將他列入其中呢？」

見到法蒂娜反應如此大，黑格爾依然沒有退縮，進一步提出自己的觀點。

雖然支持法蒂娜大人是他的本分，但是，倘若法蒂娜大人真的有誤判情勢，他黑格爾也必須要盡到提醒的責任。

「不會有那樣的誤判——」

法蒂娜正色看著黑格爾，毫無一點動搖的跡象，「你沒有看過姐姐的日記，就不會明白我把相馬辰己列入『清單』的原因。」

「我確實是沒有看過，但我也只是想提醒您，法蒂娜大人，倘若相馬男爵是個正經的人，我們就會浪費太多精力在他身上，白白耗費珍貴的時間。」

面對法蒂娜的嚴肅指責，黑格爾也沒有臣服之意，他很清楚自己的立場。就算是會惹法蒂娜大人生氣，他也得這麼說。

「我自有打算，用不著你多嘴。」

沒有再多做回應，冷冷地回了這一句話後，法蒂娜再度躺了下去，當作黑格爾不存在。

「法蒂娜大人……那麼我便想問問了……」

莫名地，黑格爾的心裡有些惱火……不，與其說是怒意，更像是有些不是滋味，好像被法蒂娜無視的感覺，令他感到毛躁起來。

「您打算用什麼方法去試探相馬辰己？」

他放下手中本來正在擦拭的杯子，一步步走向法蒂娜。

「哈啊？你管我用什麼方法，這是你該質問我的事嗎？我很累了，別再吵我，我要好好睡一覺……」

法蒂娜沒好氣地回應，壓根不想再繼續這個話題，但是黑格爾並沒有像平時一樣乖順。

「請務必回答我呢，法蒂娜大人，我是真的很想知道您打算用什麼方法……」

黑格爾來到了床邊，難得以俯視的角度看著法蒂娜，他隱約明白自己窩火的原因——

不想被法蒂娜大人無視。

不願自己的聲音被法蒂娜大人忽略。

這種心亂如麻的複雜感覺，促使他在床邊坐了下來，伸出手，撩起法蒂娜垂在背後的雪白髮絲：「您打算，再用同樣的招式接近與測試相馬辰己嗎？像對萊德侯爵那樣？」

「……就算是又如何？你是沒聽清楚我說的話嗎？黑格爾？」

這下，連法蒂娜的聲音聽起來都有些不悅了，黑格爾似乎仍執意說下去：「恕我直言，法蒂娜大人啊，您在誘惑男性方面的手段，似乎還是不夠呀。」

話音落下的同時，法蒂娜感受到自己的頭髮好像被稍稍使力一扯，產生些微的痛感。

「您要不要再考慮看看別種試探方式？法蒂娜大人？」

「黑格爾，你在亂七八糟地說些什麼……還有快放手，你弄疼我了。」

法蒂娜終於離開了從枕頭，抬起頭來、皺著眉頭瞪向黑格爾，「再說，要是我堅持要那樣做又怎樣？」

「嗯，那麼您現在就來——試著挑逗我如何，法蒂娜大人？」

面對質問，黑格爾只是微微一笑，直接了當地反問。

「你，有種再說一次？」

法蒂娜皺起的眉頭鎖得更緊，聲線壓低。

「好的，我就再重申一次——您現在就試著挑逗我如何，法蒂娜大人？」

無視對方的臉色變得不對勁，黑格爾刻意加強咬字把話重新說一遍。

「哈。」和黑格爾對視的法蒂娜短促地笑了一聲，「怎樣——你是覺得我不敢現在這麼做？」

一手撫摸著自己的後頸，法蒂娜轉一轉頭部，冷冷地睨視著黑格爾。

「我豈敢揣測您的意思，法蒂娜大人。何況……也不好說呢。」

其實很清楚他比誰都了解，當法蒂娜大人做出一手摸著後頸、轉動頭的動作時，就代表她真的動怒了。

換作是平時，黑格爾大概就會順著她的意思，調整自己的言行避免讓她生氣。

可是，今天不知道為什麼，黑格爾就是有一股叛逆的念頭，就是想要惹她動怒。

可能是，在他的內心深處，也同樣感到一股難以宣洩的慍火正熊熊燃燒著吧。

「很好，黑格爾，我欣賞你的答案，這等同是在向我下達戰帖。」

法蒂娜放下摸著後頸的手，開始解開自己衣襟上的紐扣，不害羞地露出藏在底下的雪白鎖骨，「既然你都主動向我宣戰了，我這個做主人的，怎麼可以不好好管教一番封住你的嘴？你說是不是，黑格爾？」

「是，您說的是，法蒂娜大人。所以，我會欣然接受您的挑戰，就來看看您誘惑男人的手段是否成長了……還是一樣原地踏步。」

「我會讓你後悔說出這句話……不，我會讓你把這句話完整地吞回去，黑格爾。」

法蒂娜揚起一邊嘴角，她一手拉住黑格爾的領帶，將他扯近自己。

「我會嚴格檢視的，法蒂娜大人，好好進行練習吧。」

看著法蒂娜開始進攻，黑格爾仍表現得不慌不忙，依舊從容自在，面帶笑容。

「哈，本來確實很想睡，但被你這麼一激，確實醒過來了。」

一邊笑著這麼說，下一秒法蒂娜突然一把將黑格爾推坐在床上，以她向來有在鍛鍊的身體來說，這不過是出了一點力氣而已。反觀黑格爾，他順著法蒂娜的行動，毫無反抗，只是靜靜地笑看對方繼續出招。

「你來猜猜，我接下來要怎麼做？」

法蒂娜一手挑起黑格爾的下巴，語氣變得曖昧，雙眼微微瞇起凝望著對方。

「嗯……將我完全壓制在床上？」

「錯，失敗的預測。」

她忽然右腿一伸，整個人直接地跨坐在黑格爾的大腿上。

「這麼快就想倒下來嗎？想不到你會這麼沒勁呢，黑格爾。」

法蒂娜嫣紅的朱唇一勾，本來挑著對方下巴的指尖，遊移跳躍到黑格爾的嘴上。

至於黑格爾，他笑而不答，與其說是在和法蒂娜對峙，他自認心境上更像在享受著這個過程。

沒錯，他必須承認，只有在這種情況下，才能讓他心裡的毛燥膨脹感消除一些。

「這個舉動確實出乎我的意料，大膽許多，值得稱讚，法蒂娜大人。」

黑格爾一手按住法蒂娜的翹臀，嘴角勾起略帶一點邪氣的笑。

「所以呢？接下來可別讓我失望了，法蒂娜大人。」

「下一步嘛……」

跨坐在黑格爾的大腿上，法蒂娜的雙手來到他的衣領前，拉起他繫在頸上的領結，「你說，這樣如何？」

試探性的問句傳入對方耳中，同時領結也慢慢地被拉開。緩慢的動作，更具誘惑效果，若是旁人看了肯定會覺得心癢難耐。

「呵，僅僅只是這樣的話，可不怎樣喔，法蒂娜大人。」

黑格爾閉上雙眼，輕聲一笑，帶著一點不以為然的嘲諷意味。

「我可沒說就這樣結束了，給我好好閉上嘴看著。」

似乎有點惱怒地瞪了黑格爾一眼，法蒂娜將鬆開的領結一甩、拋向一旁。

這回，黑格爾看似安份地聽從了，面帶微笑觀賞著他的法蒂娜大人進行下一步。

在黑格爾的注視之下，法蒂娜將右手環繞著他的頸子，讓彼此靠得更近，從前胸到腹部都貼在一起。

至於法蒂娜的另一手，則伸直了指尖，朝黑格爾露在外頭的鎖骨輕輕落下，指腹抵住，慢慢地往下滑動……

「黑格爾……」

同時，法蒂娜用慵懶性感的嗓音呼喚對方，撥開礙事的衣襟，最後暫停在黑格爾半敞開的胸膛前。

「你說，我這一次能揪出殺害姐姐的凶手嗎？」

話鋒突然一轉，黑格爾沒想到法蒂娜大人會在此時提起這個話題，他有些意外地愣了一下。當他稍稍回過神來後，卻又發現法蒂娜並沒有停下動作，手指繼續在自己的胸膛上緩慢地畫著圈，隔著肋骨與皮肉，卻搔到了內心深處。

「不要有顧慮，我命令你直說。」

似乎是察覺到黑格爾的猶豫，法蒂娜下達指令。

「回稟法蒂娜大人，真要我說的話，就目前的跡象來看……應該很難。」

面對命令，黑格爾就必須無條件服從，於是他直接地答覆。

「哦？為什麼？」

法蒂娜好像也怎麼不意外，只是眉頭稍稍一挑，在黑格爾胸前畫圈的動作沒有停下。

「因為這次『清單』上的嫌疑人——相馬辰己，到目前為止並沒有露出太多的馬腳。」

既然法蒂娜大人要聽真話，他也不用委婉修飾，直接說出了真實想法。

「是嗎，你還是這麼想？即便明知我根本不覺得他毫無嫌疑？」

「是的，我也不怕您生氣，至少目前我是這麼認為的，法蒂娜大人。」

接收到法蒂娜的再次詢問，黑格爾給出的答案仍然一樣。

「真是……不知風趣的男人啊。」

法蒂娜眼簾低垂，低聲嘀咕了一下，本來還在黑格爾胸前畫圈的手指停下了。

「您生氣了嗎，法蒂娜大人？」

「你現在才問這個有意義嗎？不是才說不怕我生氣而已？」

「我確實不怕您生氣，但是若您生氣了，我願意接受處罰。」

「哈，你還是一樣無趣。不過……算了，這次你對相馬辰己之所以會有這樣的看法，我不怪你。老實說，也不意外。」

法蒂娜的嘴角往上一揚，隨之垂下。

「就算是我，目前看下來也會覺得相馬辰己這傢伙好像沒什麼好嫌的，模樣討喜、斯文帥氣，做人有禮，懂得讓人開心。說實在的，要不是出現在我的『清單』上，他可能會是個不錯的男人。」

「那您為何還會繼續堅持？我是指，您仍沒打算將相馬辰己從『清單』上除名？」黑格爾實在很好奇。

「你想知道？」

法蒂娜一指挑起黑格爾的下巴，嘴角再度微微上揚。這次的笑容有些不一樣，蘊藏了一點似乎打著什麼壞主意的感覺。

「我知道法蒂娜大人說過，是因為法芙娜大人的日記裡有提到他吧？但是，除此之外，有其他讓您如此堅持的原因嗎？」

不曉得這個摟著自己頸子的女人在想什麼，法蒂娜大人的心思就是如此難以捉摸，他作為一名下僕，也不能隨意揣測主人的心意。

「這個嘛……」

法蒂娜輕輕一笑，隨後突然湊到黑格爾的耳邊，低聲說了一句：「讓我先懲罰你一下再說。」

「什麼？」

黑格爾還沒反應過來，脖子上便傳來一陣痛楚，竟是法蒂娜低頭咬了他一口。

「唔……」

黑格爾眉頭一皺，喉嚨發出低沉的聲音，只因法蒂娜不僅咬了他一口，還在咬下的地方時而輕、時而重地吸吮啃噬。

難以言喻的奇怪感受，如電流一般竄入黑格爾的腦門，讓他不由自主地顫了顫。

「哎呀，才這樣就有感覺了嗎？黑格爾，你的身體比我想像中還要敏感嘛。」

法蒂娜似乎頗為滿意地鬆開了嘴，有些得意地看著對方。

「您還真是故意呢，法蒂娜大人……這種玩火的事情，您可千萬別做太多了。」

黑格爾一手摸著自己剛被咬過的地方，語氣帶了點警告意味。

「哦？不然會如何呢？」法蒂娜的眉頭一揚。

「不然嘛……」

一眨眼間，黑格爾已反抓住法蒂娜的右手，另一手則緊緊扣住後腰，將她再度摟近自己。在力道的衝擊下，措手不及的法蒂娜整個人往前傾，只差一點點就要和黑格爾的雙唇直接撞上。

「就會像這樣，發生不可預測的事情……法蒂娜大人。」

被黑格爾這麼一弄，換成法蒂娜一時間有些愣住，睜大雙眼看著對方，嘴唇微微打開。

「這次只是警告而已，下次，可不保證會對法蒂娜大人做出什麼更失禮的事了……」

黑格爾微微一笑，隨後鬆開了手，而法蒂娜也立刻從對方的身上離開。

「……哼。」

睜圓雙眼盯著那張俊美優雅的臉孔，法蒂娜咬了咬牙，冷哼一聲後別開目光。

黑格爾很了解這個女人，他知道這是法蒂娜大人不知所措時會有的反應。

今天，看到這一面就夠了。能讓他的法蒂娜大人對自己不知所措，今天一整天的疲勞都不算什麼。

「對了，法蒂娜大人，今天預定於日和國當地時間晚上七點用晚膳，您稍作休息後，就得再準備一下了。」

黑格爾看了一眼手表，好像方才發生的種種都已拋到腦後、不曾存在一樣，回歸平時的管家模樣提醒著她。

「知道了，我現在要好好睡一下，不許吵我。」

撥了一下頭髮後，法蒂娜轉過身，再度躺回那張為她特別準備的柔軟大床上。

「祝您好夢，好好休息，法蒂娜大人。」

黑格爾走向前，一如既往地做好隨身家僕的工作，溫柔地替主人蓋好毛毯。

看著閉上雙眼似乎入睡的法蒂娜，黑格爾只是靜靜地凝視，手則緩緩地舉到自己的側頸，摸著還有些發腫的咬痕。

他走向旁邊的全身鏡，稍稍拉開衣領一看，嘴角的笑更為明顯了。

反映在鏡中的那抹笑——充滿了愉悅與滿足。

The Villain Earl's
Discipline Diary

第二章

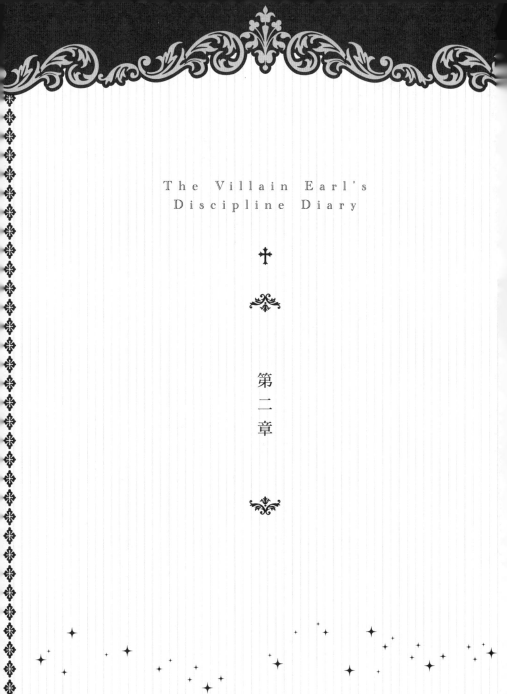

法蒂娜盛裝赴約晚餐，一襲胸前開深V的深綠晚禮服非常光彩耀人，一路上經過的青鳥居家僕，不分男女都對她投以憧憬或讚嘆的目光。

法蒂娜的美，似乎能夠攝人心魄，一直以來對絕大多數的人都很管用……唯獨青鳥居當前的主人除外。

「這份統計資料沒錯嗎？你們要不要再核對一次？和上回你們報告給我的數據有一些出入……」

青鳥居的當家，相馬辰己雖然坐在法蒂娜的正對面，打從她入座以來卻還未正式和她打過招呼，更是連視線都沒有逗留超過三秒以上。

法蒂娜有些不悅地微微蹙起眉頭，這還是她難得會遇到的局面……居然有男人會對自己的盛裝模樣無動於衷。

挫敗感讓法蒂娜感到窩火，她就這麼盯著對面忙於處理工作的相馬辰己，直到對方終於忙到一個段落、注意到她的存在。

竟然有男人可以無視她到這種地步，法蒂娜的自尊確實有一些受到打擊，但她可不是坐以待斃的類型，她要主動出擊。

「咳咳，我說相馬男爵，你忙到現在不餓嗎？」

法蒂娜一手托著自己的下巴，眉頭微微蹙起，在許久的等待之後終於開口提問。

「啊，抱歉，是我疏忽了。不好意思，福斯特伯爵大人，我現在立刻收拾好工作。」

一直在處理事務的相馬辰己似乎意識到自己的失禮，趕緊揮了揮手讓下屬離開。

「我是無所謂，只是看著這些飯菜都涼了有點可惜。話說回來，相馬男爵你還真是日理萬機啊，挺忙的，連吃頓飯的時間都要處理工作。」

「哈哈，沒有沒有，只是最近我投資與開發的業務有些繁忙起來，在這段期間確實得處理比較多的事項。實在抱歉，沒有好好與妳共進這頓晚餐，是我失禮了。若是福斯特伯爵大人有想要什麼，請直接跟我開口無妨，只要我能弄到的都會送妳當作賠禮。」

「賠禮？我對於能夠用錢買到的東西不感興趣。你能買到的，只要我想，我大概也能。拿點有意思的東西出來吧，相馬男爵。」

法蒂娜不以為然地聳了一下肩膀，拿起銀叉，弄了一塊切好的牛排品嚐。

「呵，夠霸氣，也真不愧是傳聞中直言的福斯特伯爵大人，我真的很欣賞妳這種風格，是我所難以做到的呢。好吧，妳想要什麼有意思的東西？」

相馬辰己笑了笑，隨後眉頭一挑，似乎頗為認真地詢問。

「既然你都聽過我的傳聞，那麼應該也聽過這種的吧……」

法蒂娜抹著朱彩的豔麗嘴唇微微上揚，眼神透露出一股危險誘惑的氣息，她舉起放在桌上盛滿紅酒的高腳杯，站起身來。

「哦，是哪一種傳聞呢？關於福斯特伯爵大人的傳聞實在有很多呢……」

稍稍抬起頭，相馬辰己的臉上同樣掛著微笑。

「是真的不知道我在說哪一種，還是在裝傻呢？不過你這個生意頭腦好得很的男人，顯然是後者吧。」

法蒂娜款款來到他的面前，笑了笑。

「這個我不好說呢……就要看福斯特伯爵大人怎麼認為了。」

相馬辰己有些尷尬地笑了一下。

「不用擔心，你很快就會知道答案，跟確認是哪一種傳聞了。」

法蒂娜的嘴角持續上揚，喝了一口杯中的紅酒後，突然身子一晃，瞬間將高腳杯裡的紅色液體濺了出來、灑落在相馬辰己的西裝褲上。

「哎呀，真不小心，說著說著就一個重心不穩……真是不好意思呢，把酒灑在你的褲子上，這下該怎麼辦才好……」

法蒂娜先是一副好像感到抱歉的模樣，而後轉頭拿起桌上的餐巾紙，放下酒杯後蹲下身幫相馬辰己擦拭。

西裝褲沾上了紅色的液體，就這麼恰好落在接近褲襠的位置。

法蒂娜拿著餐巾紙，刻意地慢慢擦拭，先從大腿上方擦著，再慢慢游移到大腿內側……她抬起頭來看著相馬辰己，低聲說：「褲子都有些溼了呢，實在不好意思啊，相馬男爵，若你不介意的話我可以幫你擦乾……」

語氣曖昧，眼神挑逗，加上讓對方俯瞰的視角，能將一對豐滿酥胸看得清清楚楚。

這就是法蒂娜的戰略。

只要是渣男，通常都會被這類招式吸引、神智迷亂。

她這麼做，也算是要一報相馬辰己無視自己、忙於工作的仇。法蒂娜要讓他知道，自己才是最能吸引目光的存在。

對方的雙眼直視著她，一時間沒有作出任何回應。法蒂娜心想，這傢伙果然和其他男人一樣，都看入神了吧。

想到這，她的嘴角就暗暗地些微上揚。

「福斯特伯爵……」

終於，相馬辰己開了口，法蒂娜就在等待這一刻，等待這個表面斯文，內心肯定也是渴望著女人的傢伙，陷入她所設的陷阱中。

「怎麼了，相馬男爵？需要我跟你一起到房裡更衣嗎？弄溼你褲子的責任，必須由我來負責……」

把話說得更露骨些，法蒂娜正準備一舉拿下對方，迎接而來的答案竟是：

「不用麻煩了，福斯特伯爵大人，這點小事我自己可以處理。」

「什麼？」

法蒂娜一愣，沒想到都做到了這種地步，相馬辰己居然回拒了自己？

「這種小事真的不需要勞煩妳，麻煩請讓開些，我要起身了，撞傷了妳可就不好了。」

相馬辰己緩緩站起身，似乎一點也不在意被紅酒沾溼的西裝褲。

「啊，對了。」離開座位後，相馬辰己回過頭來，對著法蒂娜說，「托妳的福，我想起來了，關於福斯特伯爵大人的另一種傳聞……看來，妳是真的很會呢。」

法蒂娜只覺得一陣惱火在心中燃燒，臉色一陣鐵青，緊閉雙唇並且握緊雙拳。

──明明不帶任何髒字卻有一種強烈被羞辱的感覺！

「請恕我失陪一下，晚餐先請用吧，就如妳所說，飯菜涼了可就不好吃了。」

相馬辰己說完後便離開了餐廳，只留下法蒂娜和在旁默默看著這一切的黑格爾。

「真是……氣死我了……！」

法蒂娜回到座位上，儘管氣得咬牙切齒，卻沒有大聲咆哮或做出任何宣洩舉動。

「法蒂娜大人，您這回真是遇到對手了……」

黑格爾走到法蒂娜的身後，輕輕地拍了拍她的肩膀。

「哼！這個相馬辰己是不是不識相啊？還是說他其實喜歡的是男人吧！黑格爾你給我用身體去調查清楚！」

法蒂娜氣呼呼地命令，隨後用力地用叉起一口牛排，使勁咀嚼大口吞下。

「這個，我想相馬男爵應該只是對女色沒有過多興趣罷了……比起女性，事業才是他最在乎的吧。」

「事業?那傢伙是經營什麼大事業?就我的了解,不過就是投資五花八門的東西而已嘛!」

「就算是五花八門的東西,其中也是有一座大金礦。」

「哈啊?大金礦?」

法蒂娜有些狐疑地看著他。

「您不知道嗎?相馬男爵的其中一項投資產業,不,該說是投資兼開發的產業,最近可是非常炙手可熱呢。」

黑格爾一臉意外地看著法蒂娜。被這麼一說,倒是勾起法蒂娜的好奇心及不服輸心態,她馬上追問:「是什麼投資?我怎麼沒聽說。」

「這個嘛……啊,剛好這裡有一本雜誌,大概是相馬男爵之前拿來看的吧。法蒂娜大人,您看看這封面。」

黑格爾轉頭一看,正巧就在旁邊的桌上看到一本雜誌,封面上的標題跟圖案立刻讓他知道這就是他要找的。

「這什麼?『閃亮夢幻會』……?」

從黑格爾手中接過雜誌，法蒂娜皺起眉頭一看，愣了幾秒。

「就是這個，相馬男爵近來投資相當成功的產業。」

黑格爾指著雜誌封面，肯定地說。

「『閃亮夢幻會』？這什麼玩意啊？啊？電玩？」

法蒂娜認真地看著雜誌封面，找到左下角的小字介紹，大概知道這似乎是一款遊戲。

這麼說來，相馬辰已確實有投資電玩產業，只是她真沒想到，那傢伙投資的電玩名稱居然這麼……夢幻？少女風格？

一點也不像他那樣一個紳士般的大男人會接觸之物。

「『閃亮夢幻會』最近很火紅呢，法蒂娜大人您都忙於事務與『清單』的任務，不知道時下流行什麼也是很正常的。只是，看來您日後必須多少留意一下這些資訊了。」

「你這是在藉機挖苦我嗎？好大的膽子啊，黑格爾。」

法蒂娜抬起頭來，不悅地瞪了黑格爾一眼。

「豈敢豈敢，我只是給您一點建議而已，畢竟掌握更多關於目標的情報，對您調查『清單』的進行肯定只有更多好處。」

「哼，算你說得有道理。好吧，這次是我疏漏了，只是這個『閃亮夢幻會』是什麼？我懶得看內文了，打開都是花俏到不行的圖案跟角色人物，跟我實在格格不入，這只適合那些愛做夢的少女玩吧。你，直接跟我說明。」

隨手將雜誌放到桌上，連翻閱的動力都沒有，法蒂娜雙手抱胸直接命令。

「遵命，法蒂娜大人。不過您說得沒錯，這款『閃亮夢幻會』就是鎖定年輕女性玩家族群而開發的遊戲。」

一手覆在胸前，黑格爾接續說明。

「簡單來說，『閃亮夢幻會』是一款虛擬人生遊戲，特別受年輕女性歡迎。玩家們能在遊戲裡面置產、競爭，還有多種服裝可供角色打扮。時下流行的玩法，就是號召同樣身為『夢幻會員』的玩家一起進行虛擬下午茶、打卡，將她們裝扮美麗的角色展示出來。」

「聽起來就很無聊，花枝招展在現實世界就夠了，連虛擬世界也要繼續？真是無趣的一群女人。」

法蒂娜聽了眉頭又是一皺。對她來說，精心打扮全都是為了接近目標以及爭取上新聞版面的手段。倘若她和那些平凡女子一樣，才懶得花費那麼多時間和金錢在裝扮上。

「請別這麼說，不是每個人在現實世界中都擁有像您一樣的資源，法蒂娜大人。」

「唔，這倒是，好吧當我沒說。」

被黑格爾這麼一說，法蒂娜立刻警覺地收回了前言。她有時真的會忘記，自己即便再怎麼處境艱辛與懷抱著復仇之誓……也還是一名擁有爵位的貴族。

至少在生活方面，她吃穿無虞，更握有相當多的額外資源。好比那些女人想要的美貌、華服，這些都必須用金錢堆積及經營。

在這方面，雖然她的目的並不是純粹追求虛榮，但坐擁資源依舊是不爭的事實。更不能因此去批評那些努力賺錢，只是為了讓自己看上去更好的女性。

「黑格爾，若是我之後還有像這樣的失言，你可以不用客氣地直接提醒我。」

她知道黑格爾和自己不一樣，雖然總是待在自己身邊，終究是平民出身。

比起自己，他應該更能理解一般人的思考模式吧。

「遵命，法蒂娜大人。那麼，您還想知道關於『閃亮夢幻會』的事情嗎？」

黑格爾微微一笑，再次將單手覆在胸前，隨後又提出新的問題。

「我是對遊戲本身沒興趣，但那個相馬辰己，就是投資了這款遊戲賺了大錢吧？」

「是的，相馬男爵是這款遊戲的投資者，另外還是營運公司的行銷總監。」

「投資就算了，居然還是行銷總監？親身力為啊，難怪他會這麼忙。」

法蒂娜有點意外，她原以為相馬辰己只是純粹拿出錢來投資，沒想到還親上前線、參與行銷的大戰。

難怪連吃頓晚餐都有下屬來找他討論工作，原來還真是日理萬機呢。

「看來，比起女色，那傢伙更喜歡銅臭味吧。不愧是日和國出身的商人，日和國就是一個專門出產生意人的國家啊。」

「我也這麼認為，因此法蒂娜大人，若照先前的方式接近相馬男爵，恐怕會有一點困難。您有打算改變方法調查嗎？」

黑格爾看向一手撐著下巴的主人，認真地詢問。

「嗯……那傢伙現在最在意的，就是那個什麼『閃亮夢幻會』吧？」法蒂娜一臉若有所思。

「目前看來，應當是了。『閃亮夢幻會』現在應該就是相馬男爵的主要收入來源。您是有什麼想法嗎？」

「啊，如果那遊戲真是相馬辰己最在意的……那麼，為了掌握他的弱點及挖掘更多線索，就必須這改成這麼做了。」

似乎深思了一番後，法蒂娜轉過頭來說：「黑格爾，我們也去辦一個『閃亮夢幻會』的遊戲帳號吧！」

「閃耀、迷人、百變的你——想要改變一切、變身成最夢幻華麗的自己嗎？來『閃亮夢幻會』一次滿足你的願望！」

打開電視，就能看見高頻率播放的「閃亮夢幻會」廣告，如同洗腦一樣，不斷循環出現，深深烙印在觀眾心裡。

法蒂娜看著前方的電視螢幕，一手托著下巴，一手拿著零食，面無表情地把餅乾一口又一口往嘴裡塞。

「我還是不懂這種廣告有什麼吸引人的。就這麼多人渴望變得花俏嗎？」

法蒂娜一邊咀嚼著餅乾，一邊眼神死地詢問向身邊正忙著創遊戲帳號的黑格爾。

「法蒂娜大人，那是因為您本身就夠閃耀迷人了，不是每一個女性都跟您一樣天生麗質呀。」

黑格爾一邊敲打著鍵盤輸入資料，一邊回應法蒂娜。

「唔，說什麼呢，姐姐比我更閃耀迷人還不是落得那樣的下場……女人啊，不管美或醜，平凡或高貴，只要能過得平安幸福都是最好的。」

法蒂娜暫且停下了進食的動作，坐起身反駁。

「這倒也是……但是，對有些人來說，就是想要排解心中的空虛，又或者不滿足於現狀，才想透過這類遊戲紓壓吧。」

說完後，黑格爾抬起頭來看向法蒂娜。

「法蒂娜大人，帳號創辦好了，您要過來看看嗎？」

法蒂娜從躺椅上起身走向黑格爾，一手放在桌面上，稍稍彎下腰來看著電腦螢幕。

「這個就是『閃亮夢幻會』？看起來沒什麼嘛。但我說，你是不是有什麼認知錯誤？」

法蒂娜先是看了螢幕上的遊戲介面，對粉嫩色系的版面、璀璨的燈光效果，以及柔和的字體深感不以為然。只是，當她注意到黑格爾幫她創建的遊戲帳號名稱後，立刻不悅地皺起眉頭。

「我的帳號名字——為什麼叫『白色大貓咪』？你是腦袋有問題嗎？居然幫我取了這樣的名字？」

「嗯？哪裡不合適了？這很適合您啊，法蒂娜大人。」

「哈啊？你認真？黑格爾你是不是欠修理？我哪裡是什麼噁心的大貓咪了！」

法蒂娜的拳頭都握了起來，蓄勢待發，只差沒立刻出拳揮下。

想不到黑格爾還是堅持己見。

「哪裡不像了？恕我直言，法蒂娜大人，您現在生氣的模樣就像炸毛的貓，至於白色則來自您一頭美麗的雪白秀髮，因此，哪裡不合適與不像了？」

認真無比，態度堅定，黑格爾冒著生命危險說出這段話……我們懷念他。

「黑——格爾——」

燦爛到令人懷疑是否看錯的微笑，是法蒂娜理智線斷裂前的最後警告。她摩拳擦掌，已經準備好要教育下屬了。

「還是——法蒂娜大人您要自行創建一個名字嗎？只要更改一下名字部分就好，其他地方我都設定好了。」

就在法蒂娜的鐵拳教育即將展開之際，黑格爾突然話鋒一轉。

「哦？嗯，那我想想……哼，算你還有點求生意志。」

法蒂娜先是一愣，隨後收起了拳頭，一手托著下巴認真思考。

「好的，等您的答覆。」

黑格爾微微一笑，針對「求生意志」這個詞選擇了覆蓋避談。

「嗯，我想到了，就這麼決定吧。」

法蒂娜爽快地彈了一下手指，發出清脆的聲響。

黑格爾很感興趣地挑了挑眉，「這麼快就想到了？不愧是法蒂娜大人。那麼，您想取什麼名字呢？法蒂娜大人取的名字，肯定是很好的。」

滿懷期待，黑格爾是真心想知道法蒂娜取了什麼樣的名稱，至少肯定比他還要好吧？

「那當然，我取的名字當然好。準備幫我更改玩家名稱，黑格爾。」

法蒂娜充滿自信地點了點頭，滿意地說道。

「我準備好了，法蒂娜大人，就等您開口。」

黑格爾已經將雙手放在鍵盤前準備，法蒂娜清了清喉嚨，接著提高音量宣告：「就更名為──冰焰雄獅！」

「啊？」

就在法蒂娜說出口的當下，黑格爾一愣。

「啊什麼啊，你是沒聽清楚我說什麼嗎？」

她皺了皺眉頭，看著一臉懷疑的黑格爾。

「不是，我只是……那個，法蒂娜大人，我剛剛沒有聽錯對吧？您取名叫……冰焰雄獅？」

「怎麼了嗎？有意見啊？」

「該怎麼說呢……這名字實在是充滿槽點啊……跟我的白色大貓咪到底有什麼不同……」黑格爾別過頭去，小聲嘀咕，「怎麼聽都覺得白色大貓咪這個名字可愛多，合適多了……」

「差得可多了！黑格爾，你欠揍是不是？」

「差在哪呢？這名字只是多了中二感吧？冰焰的部分，您是想說自己一頭白髮吧？白色就白色，為何硬要說什麼冰焰？再者，大貓跟獅子都是同類詞，倒是您明明是女性為何要自稱雄獅呢？您說，這不是跟我取的名字大同小異，而且還充滿槽點嗎？」

黑格爾顯然無法接受法蒂娜取的名稱，難得對法蒂娜據理力爭。

「你、你管我！我就是想要冰焰，這聽起來多帥啊！還有，雌獅念起來多不順口，雄獅就是比較威武啦，我想當雄獅不行嗎？雄獅最可愛了，有著母獅沒有的一圈鬃毛！」

法蒂娜同樣不肯讓步，主僕兩人就這麼針對遊戲暱稱吵了好些時候……至於最後是哪個名字勝出，不用多想也應該知道結果了。

「系統確認，『冰焰雄獅』登錄『閃亮夢幻會』——」

系統語音傳出最後確認的訊息，宣告法蒂娜正式成為了「閃亮夢幻會」的玩家之一。

「哼哼，冰焰雄獅，這名字聽著就氣派，上場作戰一定會勝出的那種。」

法蒂娜頗為得意地笑著點頭，雙手抱胸。

「這又不是戰略遊戲，只是一款女性向遊戲而已，把自己取名得跟RPG角色一樣究竟……」

黑格爾嘆了一口氣，低聲碎唸著。

「嗯？黑格爾你剛說什麼？誰說女性向遊戲就不能搞得跟冒險遊戲一樣？誰規定的？」

「法蒂娜大人，確實沒有這種規定，但這終究只是一款充滿少女氣息、扮家家酒跟紙娃娃玩法的遊戲而已啊……」

「扮家家酒跟紙娃娃？你言下之意，是指我進入這遊戲也只是想要扮家家酒跟裝扮成沒用的娃娃？」

法蒂娜的一邊眉頭挑起，口氣充滿質問。

「不，我不是這個意思，請法蒂娜大人息怒。」

「不管你是不是這個意思，我都無所謂。」她挺起胸膛，一手握拳，認真且充滿幹勁地說，「就算是扮家家酒的遊戲，只要我參與其中，我就會讓它變成戰略冒險遊戲——不負我冰焰雄獅之名。」

「還真是……很有法蒂娜大人您的風格呢……」

雖然還是充滿了槽點，黑格爾這回決定不跟法蒂娜多計較了。

他知道，只要是法蒂娜大人，確實很有可能說到做到。再說了，法蒂娜大人之所以加入這款遊戲，為的不就是追查出更多線索嗎？

至於「冰焰雄獅」……這壓根不是女性向遊戲會出現的名稱，他就睜一隻眼閉一隻眼當作沒看見吧。

「好了，那麼接下來要怎麼玩？你幫我操控玩家角色？去跟裡面的人搭話探查？」

「法蒂娜大人，您似乎好像還不清楚這款『閃亮夢幻會』的特色在哪呢。」

「什麼意思？」法蒂娜納悶地一手扠腰。

「我前面說了，這是一款虛擬人生的遊戲對吧？所以，身為玩家，您必須親自『參與』其中。」

「你的意思是，這是VR實境的那種遊戲？」

雖然不怎麼碰觸這塊產業，但法蒂娜多少有聽聞過相關資訊。

「沒錯，看來法蒂娜大人還是多少有些常識呀。」

「黑格爾，你最近是不是越來越放肆了？」

法蒂娜冷冷地瞪了他一眼。

「不敢不敢，我只是覺得，您都忙於各種正事，許多時下的資訊雖然登不上殿堂，但您也該稍微了解一下普通人的生活。」

黑格爾知道，法蒂娜為了復仇，一直以來都沒有真正放鬆過，除了公務，就是不斷地偵查與學習。他只是心疼，在青春年華正好的時候，他美麗的法蒂娜大人不該就這麼白白浪費。

「所以呢，這應該有什麼裝置吧？不然我要怎麼進去遊戲裡頭？」

不想再多浪費唇舌之力和黑格爾辯駁，法蒂娜直接切入重點。

「裝置倒是沒有，如果您設想的是什麼儀器或眼罩之類的話。」

「沒有那種東西，是要如何進入遊戲？」

在她的認知裡，這類遊戲通常需要搭配一些儀器，若沒有，是要如何實現虛擬實境的技術層面？

「『閃亮夢幻會』主打的市場取向是女性玩家，主打讓女性玩家進行蛻變，宛如施了魔法般的夢幻感。因此，我想那些笨重的儀器並不適合這款遊戲。」

黑格爾一邊說，一邊從口袋裡掏出了某樣東西，「這個，就是進入遊戲的方法。」

「就是……這個？」

看著黑格爾手上的小小物品，法蒂娜一時間有些意外，半信半疑地問道。

「沒錯，這就是『閃亮夢幻會』的亮點之一，很多女性玩家就是被這個吸引，想要收藏，進而掀起另一波搶購的旋風。據我了解，有些購入『閃亮夢幻會』的玩家，最初目的並不是為了玩樂，而是單純想要這個東西，有點像是買櫝還珠的感覺吧？」

黑格爾看著手裡那樣精緻的物品，向法蒂娜說明。

「提出這點子的人，就是相馬辰己吧？」

「法蒂娜大人真是冰雪聰明，立刻就聯想到了呢。」

「少那邊誇張了，看來相馬辰己還真有些生意頭腦，能想到用這種方式吸引玩家。」

法蒂娜沒好氣地白了一眼黑格爾，從對方手中拿走登錄「閃亮夢幻會」遊戲的「裝置」——

是一個差不多手掌大小的粉餅盒。

外型精巧華美，盒身是甜美的粉嫩色系，盒蓋上裝飾著數顆透著晶瑩光芒的寶石，折射出女性在心底想要追求美的欲望。打開後，裡頭就像普通的粉餅盒，同樣有著一面小鏡子，照映出持有者的容貌。內藏一塊櫻花粉色的天鵝絨毛粉撲，上頭還綁了一個小小的桃紅色蝴蝶結，看上去就是十分討女性喜愛的設計。

法蒂娜不解地抬眼看向黑格爾：「這就是一個普通的粉餅盒嘛，是要怎麼虛擬實境啊？」

完全沒有被喚起少女心，不，應該說少女心什麼的根本不存在於法蒂娜身上，她只在乎這玩意是要怎麼執行遊戲。

「請您拿起粉撲看看。」

對於這種反應，黑格爾也是一點都不意外，只專注在回答問題上。

「嗯……？」

法蒂娜將軟綿綿的粉撲拿起後，果真見到粉餅盒內暗藏玄機。

一顆紅色的膠囊藥丸就藏在其中。

「這顆藥丸，就是進入『閃亮夢幻會』的鑰匙，法蒂娜大人。」

同樣目光落在藥丸上，黑格爾對著法蒂娜說明。

「哈。」法蒂娜冷笑了一聲，「我還以為是多麼浮誇的東西，外面包裝得那麼華麗，結果不就是一顆藥而已，真是好笑。」

法蒂娜接著又補了一句：「這樣還有一堆女人像失心瘋一樣玩這款遊戲？我真是光看就沒興趣了。」

「法蒂娜大人，您的眼光獨到，和一般女性不一樣。」

「我老早就意識到這點了。總之，我吞下去就行了吧？就能進入遊戲之中？」

法蒂娜拿高手中的紅色小藥丸，望著它問道。

「是的，這顆藥丸根據官方的說法，並不是普通的膠囊。它除了放鬆身心以及催眠的藥性成分外，還有一些特殊記憶體編碼，只要事先將帳號透過電腦登入完成，便可以和遠端架構的遊戲主機進行通訊連線。剛剛已將您申請的帳號序號列印在藥丸裡了。」

「說那麼多，總之就是我吃下藥後，大概就會很快入睡，入睡之後就是正式進入遊戲之中的意思對吧？」

法蒂娜對於這顆藥丸究竟如何運作，或者怎麼研發而成的詳細資料並不感興趣。對她來說，那些都不是自己要了解的範圍，她只想得到關於相馬辰己的情報而已。

「是的，若簡而言之的話就如同法蒂娜大人您所說那樣。」

黑格爾直接了當地回應。

「那我還有問題。」

「法蒂娜大人您想知道什麼呢？」

「吃下藥，進入遊戲。那我要怎麼離開遊戲？」

法蒂娜一手扠著腰，一邊問道。

「您想知道？」

「不然呢？難不成是你要扮女裝進去玩嗎？我當然得知道離開遊戲的辦法啊。」

她挑起一邊的眉頭，不客氣地反問。

「拿水桶潑您。」

「哈啊？」

法蒂娜一愣，懷疑自己是不是聽錯了。

黑格爾那傢伙沒說錯話吧？

他是不是說了什麼……拿水桶潑她的話？

沒想到才過幾秒，黑格爾又說：「跟您開玩笑的。」

「你真的想扮女裝嗎？你是不是欠揍啊黑格爾？」

法蒂娜立刻沒好氣地瞪向對方。

「豈敢，我也沒那種特殊癖好，還請法蒂娜大人息怒。」

「想要我息怒，就快點說出離開遊戲的方法啦。」

這個黑格爾，是不是膽子越來越大了啊？最近很常這樣沒大沒小的。

「稟告法蒂娜大人，離開『閃亮夢幻會』的方法，其實有兩種。」

黑格爾趕緊正色回話。

「居然有兩種管道？不是一鍵登出就好了嗎？」

法蒂娜皺了皺眉頭，有些意外。

「畢竟是虛擬實境的遊戲，將玩家的神經意識都帶入遊戲環境裡，當然沒有辦法那麼簡單就登出了。」

「好，那你快說說看是哪兩種管道？」

「第一種方法，就是在吃下膠囊之前，玩家自行先設定好鬧鐘。抓取差不多要遊玩的時間，在時間到的當下透過鬧鐘聲來刺激聽覺與神經，藉此脫離虛擬實境的狀態。」

「這麼麻煩。那如果鬧鐘好死不死地壞了呢？不就一直登不出遊戲了嗎？」

聽完第一個辦法後，法蒂娜沒好氣地反問。

「是的，因此官方還設置了另一個登出遊戲的方法……不過可能就得找人協助了。」

「什麼法子？」

法蒂娜立刻好奇地追問。

「『閃亮夢幻會』是訴求女性玩家能夠獲得浪漫與幸福感的遊戲，因此官方還提供了另一種方法……」

黑格爾稍作停頓後，眼神轉為曖昧地注視著法蒂娜，「找一個人來吻醒自己。」

法蒂娜先是一愣，隨即露出嫌惡的表情，「這是什麼偶像劇的噁心方法？」

「法蒂娜大人，這就是『閃亮夢幻會』啊，主打女性客群的虛擬遊戲。」

黑格爾微微一笑，和法蒂娜的臭臉成了鮮明反差。

「這麼聽起來我只有一個選擇啊。」

法蒂娜聳了一下肩膀，看向黑格爾。

「就是必須設好鬧鐘叫醒自己——」

「就是必須讓我來吻醒法蒂娜大人——」

兩個人，同時說出兩種完全不同的方式，在這之後是一片沉默。

法蒂娜瞇起雙眼盯著黑格爾，黑格爾則端出尷尬又不失禮貌的微笑，直到她打破沉默：「你剛才的答案很明顯是想吃我豆腐吧？」

「沒有的事，法蒂娜大人誤會了。我只是說出另一個選擇而已，您想太多了。」

他的臉上依然掛著笑容，說得一點也不心虛。

面對法蒂娜的懷疑眼神，黑格爾又補上一句：「不過，您確實也要想一下備用方案吧？這款遊戲若是沒有設好鬧鐘或者鬧鐘出了什麼意外，您是無法從遊戲中醒過來的。」

「鬧鐘是能出什麼意外？」法蒂娜眉頭一皺，沒好氣地反問。

「這可不好說，比如天災讓鬧鐘被水淹了，或者被火燒了，還是本來就自己壞了……都有可能呢，法蒂娜大人。」

「黑格爾，不管被水淹了還是放火燒了，或者鬧鐘壞了，我看都是你這個人禍幹的好事吧？」

法蒂娜雙手抱胸，冷冷地看向自家執事。

「您怎麼能這樣說呢，實在太令我傷心了……如果是我做的話，肯定是讓法蒂娜大人連鬧鐘都無法見到。」

「黑格爾，你的心真是有夠黑。」

面對一臉燦笑說出這番話的黑格爾，法蒂娜面無表情地回了這麼一句。她知道，黑格爾如果真想這麼做，還真是會說到做到。

「總之，什麼吻醒的方法就先別再說下去，鬧鐘我一定會準備好，用不著第二個方法。」

法蒂娜甩了甩頭髮，指著黑格爾下令：「現在，我要進入『閃亮夢幻會』試玩一下，你最好給我弄來功能正常的鬧鐘，聽到沒有？這是命令。」

「儘管很想抗命……但我會好好完成您交代的事項，法蒂娜大人。」

黑格爾對著法蒂娜欠身，一手覆在胸前。

「祝您遊玩愉快，法蒂娜大人。」

「什麼遊玩愉快，我才不是真的要去玩好嗎。」

法蒂娜翻了個白眼，她走到躺椅旁，拿出「閃亮夢幻會」專用的紅色膠囊，

「對了，我還有一個疑問。」

「法蒂娜大人還有什麼問題？」

黑格爾一邊準備鬧鐘，一邊抬起頭來看向已坐到躺椅上的自家主人。

「這個膠囊，是一次性的吧？這樣不就每次登入都要重新買一個？」

法蒂娜拿高手中的膠囊，皺著眉頭，帶著納悶的表情端看。

「回法蒂娜大人，那個膠囊並不是要您一次吞入，只需含在口中。」

「等一下，你這意思是我醒來後，這玩意又得從我口中拿出來，放著然後下次再用？」

法蒂娜臉上的懷疑更強烈了。

「誠如法蒂娜大人所言。」

「這要不要再噁心一點——這不是標榜少女心的遊戲嗎？會不會太破壞感覺了啊！」

這個答案立刻讓法蒂娜爆發了，她從躺椅上跳起來，簡直不敢相信自己聽到的答案。

「法蒂娜大人，畢竟這還是遊戲，總會有需要跟現實妥協的地方啊。」

「黑格爾，雖然我不需要安慰，但有時候我真覺得你不會安撫別人。」板著一張臉，法蒂娜顯然是眼神已死。

「當然，如果口袋夠深的話，也是可以每天買全新拆封的膠囊回來汰換，不過這遊戲售價也不算便宜，大概一般玩家還是會妥協於現實的殘酷吧。」

「我要汰換，我就是有錢任性，我法蒂娜就是要這麼做！」

「我就知道您會這麼說，放心吧，法蒂娜大人，只要您有這需要，我每天都會幫您買全新的回來。」黑格爾笑著說，「附帶一提，即使換了另一顆膠囊也不會影響玩家在遊戲裡的紀錄。所以，其實從某方面來說這也算是變相要玩家重複購買吧。」

「嘖，不得不越來越佩服相馬辰己的行銷手法。」

法蒂娜沒好氣地重新坐回躺椅上，搖了搖頭。

「那麼，我便將設置好的鬧鐘放在您手邊了，初次登錄遊戲的時間……先幫您抓一個小時可以嗎？」

將鬧鐘放在躺椅旁邊的小桌子上，黑格爾詢問道。

「一個小時夠了，我搞不好還想早點回來呢。」

「好的，那麼祝您能順利找到需要的情報跟線索，法蒂娜大人。」

一手覆在胸前，黑格爾再次向法蒂娜欠身致意。

「哼，這次總算說對話了。開始吧，黑格爾。」

冷哼一聲後，法蒂娜將手中的紅色膠囊往嘴裡一放，同時黑格爾也按下了鬧鐘。

法蒂娜闔上雙眼，緩緩躺下，將膠囊含入口中的第一念頭是「好甜」。

再過幾秒，她就沒了任何關於「甜」的想法，沉沉地進入了夢鄉——或者說是登入了「閃亮夢幻會」。

The Villain Earl's
Discipline Diary

第三章

「歡迎『冰焰雄獅』登入閃亮夢幻會，第一天遊戲登錄紀念禮物『閃耀小禮盒』，請至信箱收取。」

系統語音溫柔地出現在法蒂娜的耳邊，是一名男性的嗓音，光聽聲音就給人「這傢伙是個帥哥吧？」這樣的念頭。

然而只是這樣根本引不起法蒂娜半點興趣，相較之下，她反而將注意力放在自身周遭。

「這就是，現在流行的虛擬遊戲？」

法蒂娜環看四周，當她彷彿一覺醒來、睜開雙眼恢復意識之際，就發現自己置身於這個充滿粉紅氣息的小房間內。

房內響著輕柔、滿是甜蜜氣息的音樂，就連空氣中都有一種淡淡香甜的味道，虛擬到這種程度，倒是讓法蒂娜感到佩服。

只是在這個小房間裡她還真不知道要做什麼，一轉身，就看到有個雕工精緻的小抽屜，外頭有個小燈號正一閃一閃。

法蒂娜心想，這大概就是剛剛系統語音說的「信箱」了吧？

打開一看，果真見到一個包裝精緻、綁了漂亮鵝黃色蝴蝶結的禮物盒。

沒有多欣賞外層的華美包裝，法蒂娜向來就是個效率至上的女人，她迅速地打開禮物，就見到裡面附贈了一個鑲了幾顆小碎鑽的銀色手環。

「手環？就這樣？真沒意思。」

法蒂娜拿起來一看，皺了一下眉頭。將禮盒包裝隨意一丟，她把手環套上右手，只是才剛一戴上，手環上就顯示出許多讓法蒂娜看不太懂的數值。

「這些數字又是什麼？亂七八糟的。」法蒂娜一頭霧水。

此時，系統聲音再度出現：「『冰焰雄獅』您好，若在遊戲中有任何問題，或者需要新手教學，可以點擊手環左上角的藍色水晶，我們將會為您詳細解說。」

「新手教學？哼，我法蒂娜會自己搞懂，要新手教學不就等於承認自己是菜鳥嗎？」

法蒂娜只看了一眼手環上的藍色水晶，就打算直接往前、打開這間小房間裡唯一的門扉。

「系統提醒，請問『冰焰雄獅』確定要直接離開更衣間嗎？」

「我說系統君，你會不會管太多了點？我難道玩個遊戲也要被限制自由嗎？」

「系統溫馨提醒，我們系統不會限制玩家的任何自由，包含裸奔的自由。」

「系統君……你剛說什麼？」

法蒂娜愣了一下，以為自己聽錯了，直到她慢慢轉過身，剛好將目光投向一旁的等身鏡。

看到鏡中自己的當下，法蒂娜倒抽了一口氣。

「系統君你好樣的——」

法蒂娜咬牙切齒地吐出這一句後……在找不到任何一件衣物時，她按下了手環上的藍色水晶。

「這不過是遊戲，搞得這麼複雜做什麼？真的會有人在乎這些數值嗎？遊戲裡的錢就算了，好感度是什麼？魅力值？」

法蒂娜板著一張臉，沒好氣地碎碎念。

打從她進入這款「閃亮夢幻會」後，就一直呈現臭臉的狀態，尤其是順便看了幾眼新手教學的導覽內容後，她更是有一股說不上的煩躁。

她心想，玩這些遊戲的人還要搞啥好感度？魅力值？這對她來說，不如跳到床上好好睡一覺比較放鬆省事。

只是為了追查出更有用的線索跟情報、為了揪出相馬辰己的小辮子，法蒂娜多年訓練出來的直覺告訴她，在對方最重視的事物——也就是「閃亮夢幻會」裡一定有什麼貓膩可循。

即使黑格爾不太相信相馬辰己真的有嫌疑，但她絕對相信姐姐。法芙娜姐姐在日記裡留下的敘述，是絕對不會有錯的。

姐姐的日記裡提到，關於相馬辰己——「似乎是個城府很深的危險人物，我必須謹慎一點和這人保持距離」。

提到相馬辰己的篇幅不多，但光是這句話足以就讓法蒂娜把他列入「清單」之中。

凡是讓姐姐感到威脅與潛在危險性的人，都很可能是當初殺害她的凶手。任何一點小小可能都不許放過，這就是法蒂娜列舉「清單」的條件。

「相馬辰己，我一定會找出你的嫌疑……」法蒂娜握緊一手的拳頭，喃喃自語。

就在這時，一旁傳來招呼聲：「哈囉，妳是新來的玩家嗎？」

循著聲音，法蒂娜轉過頭，就見一名穿著風格算是青春洋溢的女子，正用她雖然不大卻很有神的單眼皮雙眸，望著法蒂娜。

「是吧，妳怎麼知道我是新來的？」

法蒂娜轉過身反問。

「手環上都會顯示喔，新玩家的顯示名稱會是黃色，像我的名字就會顯示成藍色。話說回來，妳的名字好特別哦，忍不住就跟妳打招呼了，希望妳別介意。」

有著一頭自然捲棕色長髮的少女，對著法蒂娜微微笑。

「妳對我的名字有意見嗎？妳又叫什麼好名字了？」

「啊，抱歉抱歉我沒那個意思。我只是覺得，『冰焰雄獅』這名字很不一一樣，不像是『閃夢』裡會出現的玩家名稱啦。妳知道的，就是很奇幻戰鬥的感覺？而且聽起來應該是個男生……」

發現越說法蒂娜的臉色越難看，棕髮少女趕緊話鋒一轉：「抱歉！我真是越描越黑！那、那個我叫『獨角獸小姐姐』，很、很高興認識妳！」

自稱獨角獸小姐姐的女子尷尬地笑著，並且伸出手來向法蒂娜示好。

「明明就是個乳臭未乾的小女孩，叫什麼小姐姐呢……算了，我乃心胸寬闊有王者風範的『冰焰雄獅』，就不跟妳這頭獨角獸計較了。」

法蒂娜沒有動作，雙手依然冷冷酷酷地插在口袋裡，不過口頭上倒是接受了對方。

「嘿嘿，自從我取了這個名字後，還滿多玩家跟我這樣說的。不過，以新玩家來說，妳真的很漂亮耶。是已經先課金買治裝了嗎？」

獨角獸小姐姐盯著法蒂娜上下打量，用羨慕的眼光看著她。

「課金？我才不想浪費錢。我本來就長這樣了，這件衣服也只是系統君隨便給我的。」

聽到對方這麼問自己，法蒂娜反而覺得奇怪。

「沒有課金？妳本來就長這樣？天啊……那妳進來玩『閃夢』是為了別的目的嗎？」獨角獸小姐姐一臉訝異地看著法蒂娜。

她的反應讓法蒂娜更是納悶，忍不住便問：「什麼意思？我長這樣到底有什麼問題？這樣就能推測出我另有目的了？」

法蒂娜實在難以理解，難道她想追查相馬辰己的目的有這麼顯而易見嗎？照理來說應該不可能吧！

但是，為何對方會這麼說？

「剛進『閃夢』的時候，玩家都是原本的長相。不過能透過課金的方式調整容貌，而且比起真正的整形動刀，在虛擬遊戲的環境裡改變臉部五官只是幾秒鐘的事。」

獨角獸小姐姐又說：「只是整形需要的『夢幻幣』非常高，雖然和現實的幣值相比還是便宜一些，但仍是一筆不小的費用啊……像我，我就還沒有存夠『夢幻幣』整形，倒是先花了一些小額的治裝費，至少衣服還比較便宜，而且比現實世界的便宜不少。」

「所以呢？妳想說什麼？」

聽對方講了一串話後，法蒂娜還是一臉不解。

「我的意思是，冰焰雄獅妳真的很漂亮啦！妳若沒有課金整形，代表妳現實中的本人就很美耶！只是，現在越看好像越覺得在哪見過……」

獨角獸小姐姐一手托著自己的下巴，盯著法蒂娜的臉，像是努力想翻找出大腦裡的記憶一樣。

「妳看錯了吧。」

法蒂娜馬上別過臉，不想再讓對方一直盯著自己看，沒必要的話，她不想在這裡被人認出身分……雖然她也沒有刻意要隱藏就是。只是認為，如果她身為伯爵的身分沒有被認出，在搜查情報的期間應該會比較有利，不會過於惹人注意。

「嗯，可能是吧，反正我現在也想不起來。對了，冰焰雄獅妳接下來要做什麼？新手任務解了嗎？」

「什麼新手任務？我哪有空理那種東西。」

「咦？不解新手任務？那冰焰雄獅妳究竟來『閃夢』是要做什麼呢？」

獨角獸小姐姐有些意外地睜大雙眼。

「新手任務有這麼重要嗎？我只是要在這無聊的遊戲裡晃一晃而已。」

法蒂娜一點也不想碰那個什麼新手任務，她此刻就連和這個女人對話都覺得有點浪費時間，她必須快點找出關於相馬辰己的情報，至少在這一小時內她多少找得到什麼吧？

速戰速決，這樣就不用再回來登入這款「閃亮夢幻會」了。

「唔，我是不知道冰焰雄獅妳打算做什麼啦……但是不好好解新手任務，可是無法了解『閃夢』的樂趣跟遊玩方式哦。如果妳只是想體驗一下，新手任務就夠妳了解要不要繼續玩下去了。不過嘛，我覺得只要是女生，都會喜歡和繼續玩下去的！」

獨角獸小姐姐說得信誓旦旦，這反而讓法蒂娜勾起興趣了。

「哦？好，那我就來見識一下，是不是包含我這樣的女人都會喜歡上這款遊戲。說吧，那個什麼新手任務第一步要做什麼？」

法蒂娜眉頭一挑，臉上掛著的是充滿挑戰欲的神情。

「新手任務第一步——就是先去買下一座屬於妳自己的莊園。」

獨角獸小姐姐對著法蒂娜微微一笑。

「我自己的莊園？」

「是呀，妳都進來玩『閃夢』了，怎麼會不知道這款遊戲主打的是什麼？就是讓玩家滿足可以成為莊園之主，甚至城堡主人的夢想啊。」

看到法蒂娜的反應，獨角獸小姐姐似乎有些訝異。

「莊園跟城堡有什麼好？冷清又無聊，半夜搞不好還會有鬼魂來敲門……」

「嗯？我剛剛沒聽清楚，不好意思冰焰雄獅妳剛說什麼？」

獨角獸小姐姐困惑地將一邊耳朵湊近她。

「我什麼都沒說，好吧，就是要買下什麼莊園就對了？」

「沒錯，既然我們有緣相識，我就帶妳跑一趟新手任務好了。反正我也剛好有空。」

獨角獸小姐姐拉起法蒂娜的手，親切地說：「走吧，我們先去移居署報到，買下妳在『閃夢』的第一座莊園吧！」

雖然一點也不想買什麼莊園，在現實生活中早就擁有一座莊園的法蒂娜實在興趣缺缺。但是，既然都進來了這款遊戲，就得入境隨俗，跟著大家的腳步行動或許才能找出隱藏在其中的線索。

為此，法蒂娜暫且拋開心中的不願，任對方拉著自己往前走。

打從離開一開始醒來的小房間後，法蒂娜就觀察到在「閃亮夢幻會」——簡稱「閃夢」——的世界裡，周遭環境都是近乎完美的存在。

天空無比湛藍，空氣不但清新，似乎還隱約聞得到淡淡花香。走在路上的氣溫也相當怡人舒適，就連步伐也輕飄飄的……不愧是虛擬出來的環境，法蒂娜在心底這般想著。

目前為止，周圍並沒有什麼顯著的建築，只有花花草草一片綠意盎然。跟著獨角獸小姐姐往前走了一段路後，眼前就出現一棟華美的洋房，上頭寫著「閃亮夢幻會移居署」。

「我們進去吧，冰焰雄獅。」

回頭對著法蒂娜又是一笑，獨角獸小姐姐帶著法蒂娜走進移居署內。

「歡迎光臨閃亮夢幻會移居署，有什麼是需要替您服務的嗎？」

一踏入其中，就看見一對俊男美女穿著西裝與套裝，臉上掛著如同遊戲名稱的閃亮笑容，對著法蒂娜和獨角獸小姐姐禮貌問候。

「給我一座莊園，要最普通最普通便宜的那種，反正我不會久住。」

法蒂娜開口的第一句話，立刻就讓兩名移居署的接待人員笑臉僵硬。

「那個，冰焰雄獅……」

身邊傳來獨角獸小姐姐的小小叫喚聲，她看到對方還偷偷扯了扯自己的袖子。

「幹嘛？」

法蒂娜皺起眉頭沒好氣地看向獨角獸小姐姐。

「那個，一開始都只有一種莊園形式可以選喔……就是最簡單的那種，只給妳一間看起來老舊的宅邸，以及一片除了草什麼都沒有的花園。」

「妳是說，不管我今天有沒有要拿出更多的錢來，是不是想要一次買到最高等級的莊園，他們就只販售妳說的這種最基礎款？」

「是的，這就是『閃夢』的玩法啊。如果一開始就給妳華麗的莊園，就沒有努力打拚經營的意義了呀。」

「真奇怪，如果要努力打拚，為何不在現實世界裡打拚就好。連遊戲裡也要這麼辛苦，卻一堆人想玩？真是無聊。」

聽完獨角獸小姐姐的說明後，法蒂娜聳了一邊的肩膀。

「妳這麼說好像也對啦……但畢竟在現實世界裡，普通人想要擁有一座莊園甚至城堡的難度更高吧。」

「這倒也是。好吧，就給我最基本的莊園吧。」

法蒂娜將話拋給移居署的人。

「您好，我們提供的莊園可以選擇屋頂顏色，請問您有想要什麼顏色嗎？」

「顏色？隨便啦，我都說了沒有要久住。」

法蒂娜實在沒有什麼想法，直接沒耐性地回應。

「那麼我們就替您選擇了暗紅色的屋頂，您看如何？」

長相俊美的男性接待人員，拿出一本範本展現給法蒂娜看。

「看起來像豬肝，算了，就它吧。」

瞄了一眼後，法蒂娜就草草決定了。

「好的，莊園的貸款總共是九萬八千元夢幻幣，請問要直接支付還是選擇分期付款呢？我們提供不限時間的分期付款，也不會額外增加利率，只是若您期間完全沒有還貸的跡象，我們會視情況將您的莊園收回。」

「我是那種欠錢不還的人嗎？現在就直接支付全額……等等，要怎麼知道我有多少夢幻幣……？」

法蒂娜先是豪邁地一口答應，隨後露出不知所措的表情。一旁的獨角獸小姐姐趕緊上前幫忙。

「點開手環上面的金色水晶，就能知道妳目前有多少夢幻幣了。」

雖然多少知道這個「冰焰雄獅」好像有些狀況外，明明都進入遊戲卻什麼都不懂，她真沒想到竟然不了解到這種地步。

這讓獨角獸小姐姐不禁懷疑，「冰焰雄獅」是被迫來玩還是不小心闖進來的啊？

「喔，我看看……嗯？」

法蒂娜照著她的話點開金色水晶一看，稍稍一愣。

「怎麼了？應該是不夠錢吧？一開始新手玩家大多不會有這麼多夢幻幣……」

基於自己對遊戲的了解，獨角獸小姐姐預想著最普遍的情況，直到她眼睜睜看著法蒂娜將手環展示給移居署的人看，並道：「這樣就能一次全額支付了吧？」

「等一下，妳要一次全額支付？」

獨角獸小姐姐一臉訝然，馬上衝到法蒂娜的面前，盯著她的手環。

「存款額度居、居然已經有一——一百萬夢幻幣！」

不敢相信地驚呼出聲，獨角獸小姐姐的雙眼睜得又圓又大，嘴巴更是忘了形象地張大。

「嗯？這算很多錢的意思嗎？」

法蒂娜不太明白為何對方如此驚訝，她看到手環上有一則新通知，是來信通知。她點開一看，就見信件內容寫著：

『冰焰雄獅』大人，我已經先替您儲值了一百萬夢幻幣，請您盡情享受遊戲。

ＢＹ您最值得信任的黑格爾。

法蒂娜喃喃自語，會做這種事的人就只有黑格爾了。

「就知道是這傢伙擅作主張……」

「冰焰雄獅大人！您是哪來的上流社會人士嗎！若之前有冒昧得罪之處還請多多見諒！」

忽然，獨角獸小姐姐像是變了一個人，態度馬上大翻轉，抓住法蒂娜的手，眼神發亮地懇求。

「怎麼連妳也這麼叫我了……別無聊，我什麼也不是，放手。」

法蒂娜的眼神如死魚，直接甩開對方的手。

「不，能夠剛進遊戲就馬上儲值這麼大筆錢的人，肯定不是貴族就是土豪！」

獨角獸小姐姐立刻搖頭，繼續用發光的眼神注視著法蒂娜。

「只是我就更不懂了，像妳這樣在現實世界裡長得又美、又有錢的人，為何還要來玩『閃夢』啊？妳能隨隨便便拿出這麼大筆錢，搞不好連實際的莊園都有了。」

「這用不著妳管吧？」

法蒂娜冷眼看了對方一下，便低下頭來繼續進行支付與申請莊園的手續。

「真是耐人尋味呢……來『閃夢』玩的人，都是想在這邊實現擁有莊園城堡或者變美有交際圈的夢想啊……一個什麼都有的人，是來做什麼的……明明生活已經那麼幸福完美……」

獨角獸小姐姐一手托著自己的下巴，一邊糾結地看著法蒂娜。

「幸福完美，這種話只是妳自己主觀認為的吧？」

法蒂娜將手續辦妥，轉過身來反問。獨角獸小姐姐有些愣住、眨了眨眼。

「現在，我要去我新購入的莊園查看一下。」

讓移居署的接待人員更新一下手環後，法蒂娜轉身便自行往外走去。

「那個！我可以跟妳一起去嗎？」

「啊？妳跟我去又有什麼意義？現在莊園裡可都是空的哦。」

「就是因為都空的，我或許可以給妳一些參考意見啊！怎麼說呢，冰焰雄獅妳應該很不了解『閃夢』吧？對了，妳的莊園地段選在哪啊？我忘了跟妳說，有免費地段跟加價地段……」

「上城區，夢幻第五大道一百五十號。」

「欸？啊，原來是夢幻第五大道上啊……什麼！夢幻第五大道！」

先是點了點頭，下一秒像是猛然吃了一大驚，獨角獸小姐姐難以置信地驚呼。

「那可是超——高級超貴的黃金加價地段啊！而且我沒記錯的話，一百五十一號的莊園之主……」她倒抽了好大的一口氣，「可是這個遊戲的創辦者之一——『閃亮夢幻會』行銷總監相馬辰己的家！」

「哈。」

相較於獨角獸小姐姐的震驚，法蒂娜則是難得地輕笑了一聲。

「就是這樣才選了那個地段。」

「咦？這麼說來，難道妳……」

獨角獸小姐姐盯著法蒂娜，似乎得出了什麼結論。

「該不會也和其他人一樣都想要奪得相馬辰己的心吧？成為『閃亮夢幻會』的總監夫人！」

「啊？我才沒……」

「原來如此！原來如此！這樣我就明白為何妳要不惜重金砸錢買地了！啊，果然相馬辰己的魅力很大啊，對絕大多數的『閃夢』女性玩家而言。雖然花那麼多錢買下夢幻第五大道的房子，只是為了接近相馬辰己好像很不划算……」

獨角獸小姐姐一手托著自己的下巴，認真地若有所思，接著抬起頭來對著法蒂娜彈指一聲。

「但是！只要成功擄獲相馬辰己的心、成為總監夫人，那麼就等同成為『閃夢』裡最大的贏家！」

「妳耳聾嗎？沒聽到我剛說的話嗎？我說我才沒那個意……」

「嗯嗯！這麼遠大的夢想，我會支持妳的！冰焰雄獅，我終於明白為何妳要取這麼有戰鬥氣氛的名字了，不是因為妳沒有女人味，而是這就是一場戰爭！妳要向所有意圖接近相馬辰己的女人宣戰！」

絲毫沒有聽進去法蒂娜的話，獨角獸小姐姐一直沉浸在自己的推測世界裡，不斷做出各種解讀。

「喂，冰焰雄獅這名字哪裡沒女人味了？明明可愛得很——」

法蒂娜的眉頭一皺，她真心不懂這些人怎麼都如此沒品味，跟那個黑格爾一樣。

「戰鬥吧，冰焰雄獅，我祝妳旗開得勝呀！」

依然沒有把法蒂娜的話聽進耳裡，獨角獸小姐姐握緊拳頭，對著法蒂娜加油打氣。接著又突然湊向前，一手攬住法蒂娜的手臂。

「走吧，現在就先去看看妳剛買下的房子，要吸引到相馬辰己的目光，就必須先把房子裝潢好並且辦一場盛大的宴會才行。」

眼看獨角獸小姐姐的雙眼明顯發亮，一頭熱地完全沒有要聽別人說話的意思，法蒂娜心想算了。

這樣也好，反正她本來就不希望讓對方發現自己想調查相馬辰己的意圖，這下就省得多做解釋了。

相馬辰己——

她法蒂娜一定會揪出你的小辮子。

「玩得如何，法蒂娜大人？喔不，冰焰雄獅？」

瞬開雙眼、法蒂娜甦醒過來所聽到的第一句話，就是來自黑格爾的這句詢問。

「什麼玩得如何，就跟你說我是去偵查，誰要玩那種夢幻到令人噁心的遊戲啊？」

法蒂娜緩緩坐起身，沒好氣地白了黑格爾一眼，「還有，你故意叫我冰焰雄獅是什麼意思？別以為我聽不出嘲諷的意味。」

「哎呀，法蒂娜大人怎會這樣想？」

「別假了，你一定是想嘲笑我吧！」

「誤會了，法蒂娜大人，我實在毫無此意。」

黑格爾搖搖頭，直接否認。

「那你告訴我，冰焰雄獅這個名字是不是很可愛很動聽？」

法蒂娜眉頭一挑，再次詢問對方。

「關於這點⋯⋯法蒂娜大人，我突然想起一件事。」

「什麼事？別給我逃避話題啊。」

法蒂娜的眉頭又是一挑，語氣帶著狐疑。

「法蒂娜大人有沒有想過，若把我換做他人，在這種時候，假設對方——或者更進一步，就假設是『清單』上的目標——無法認同您的說法時該怎麼處理？」

無論是黑格爾的語氣，或是現在的表情，突然都變得稍微認真起來。

「你想說什麼，黑格爾？」

法蒂娜雙手抱胸，用懷疑的眼神盯著黑格爾。

「我想說的是，法蒂娜大人，要不要先試著練習看看？」

「你不要越說越讓人糊塗，直接說出你想要做什麼。」

法蒂娜沒耐性地催問。

「法蒂娜大人，還記得當初與我說好，固定一段時間要來練習一些『技巧』吧？最近，我們好一段時間沒有執行了。剛好這次又有一個新的情況，法蒂娜大人要不要試試看？」

「你的意思是……要我用誘拐『清單』目標的手法來說服你？」

法蒂娜想起來了，確實有黑格爾說的那回事，由於目標都是男性為主，她便認為用美色是一種最直接有效的手段。也因此，她先前確實有過幾次把黑格爾當作練習對象，來增強日後對上「清單」目標時的能力。

「就當作是練習，何不一試呢？」

黑格爾走向法蒂娜，靠近她躺著的長型躺椅，一手撐在椅背上湊近他的主人，用低沉的磁性嗓音說：「冰焰雄獅——若是妳想讓我認同妳的可愛與魅力之處，那就試著讓我點頭吧。」

黑格爾的聲音，如微小電流般細微地刺激著法蒂娜的耳道，有那麼一點酥麻的感覺。

「哼，我很快就會讓你點頭如搗蒜地承認我的魅力。」

法蒂娜突然一把抓住黑格爾的領帶、使力地拉向自己，兩人之間的距離幾乎是近到快要撞上的程度。

「呵，我很期待，冰焰雄獅。」

黑格爾的嘴角微微上揚，露出同樣充滿自信的笑，「那麼，妳打算怎麼做？接受挑戰的冰焰雄獅。」

「為了讓你明白我的迷人，我的魅力……」

法蒂娜抓住領結的手往下拉動，很快就解開那條原本繫在黑格爾頸間的紅色緞面領結。

「我會用行動壓到性地證明給你看，黑格爾。」

將領結拋到一旁，法蒂娜的嘴角勾起了笑，充滿豔麗和誘惑的氣息。

「真是自信又霸氣的宣言呢，冰焰雄獅。那麼，可不能讓我失望喔，若是想得到我的認可的話。」

任憑法蒂娜鬆開自己的領結，身子呈現放鬆的狀態，黑格爾的臉上依然掛著從容微笑。

「我是那種會讓人失望的人嗎？」

法蒂將自己的臉湊上黑格爾的右頰，說完後朝對方的耳朵吹了一口熱氣。

黑格爾似乎依然不為所動，法蒂娜也心知肚明，想要讓他點頭並非易事。她一手撫摸著黑格爾另一側的臉頰，用指甲輕輕地刮著，給予一種騷癢的感覺。隨後，她稍微使力地將黑格爾的臉轉向自己，在極近的距離之下面對面。

「看著我。」法蒂娜輕柔地吐氣，「不覺得冰焰雄獅這名字，對我再合適不過了嗎？」

「哦？怎麼說？我目前為止可沒這麼覺得，該怎麼辦呢？」

黑格爾沒有打算妥協的意思，仍是一臉笑意地反問。

「我就知道你會這麼說，但我也不是沒有任何準備。」法蒂娜一點也不意外，「你一定不知道我為何要這麼取名的意義吧？」

「嗯？我記得妳不是說明過了？想要霸氣的感覺？獅子則是妳認為這世上最可愛的寵物，不是這個原因嗎？」

黑格爾有些意外，挑起了一邊的眉頭。

「那確實是原因之一。獅子很可愛，這不用解釋。但是，我要說的是另一種解讀。」

法蒂娜面無表情地回應，下一秒，卻突然毫無預警地勾起黑格爾的下巴，朝對方的唇湊了上去。

「唔……」

似乎是沒想到法蒂娜會這麼吻上來，黑格爾顯得有些意外，稍稍愣住。

「感受到……來自我的熱度了嗎？」

在纏綿地反覆吻了幾秒後，她終於往後退去，在彼此的嘴唇之間牽出一條剔透的銀絲。法蒂娜伸出粉舌，輕舔自己的上唇，舉動格外色氣魅惑。

「確實是……有著令人銷魂的熱度呢。」

黑格爾過了幾秒才回過神來，但也不吝於給予肯定。

比起更早之前所接觸到的……和法蒂娜之間的吻，黑格爾認為她的吻技似乎變得更為熟練了。

若真要從熱度上來說……大概是由於技巧純熟了許多，就連勾引人的能耐也變強了，因而確實讓他打從心底火熱起來。

「焰，就是這回事，給你火焰一般的熱度。」

法蒂娜舔了舔自己的嘴角，曖昧又撩人地對著黑格爾道，注視對方的眼神也充滿了挑逗。

「確實很火熱呢……不過，這頂多是只有達到冰焰雄獅中的火焰一字，要如何繼續讓我認同呢？」

雖是這麼說，黑格爾卻在心裡暗暗地反覆回味方才的吻。

「我就知道你會想問這個，不過我是誰？我可是冰焰雄獅，怎可能沒料到你會繼續出這種題目考我？」

法蒂娜撥了一下頭髮，隨後從躺椅上起身，走到一旁的桌子前。黑格爾對法蒂娜的舉動感到納悶，不過他打算靜靜看著她會怎麼做。

法蒂娜從冰箱裡拿出一支冰桶，早就放好了滿滿的冰塊。接著，她轉身走向一旁的櫃子，打開保藏在其中的一瓶酒，看似悠哉地將紅酒瓶放入冰桶之中。

「你不是想知道冰這個字的定義嗎？」

法蒂娜提著裝了紅酒的冰桶，優雅地緩步走向黑格爾，將冰桶放到躺椅一旁的小桌子上。

「是啊，但妳打算怎麼做？拿冰過的紅酒給我喝？這樣有點不夠意思呢。」

黑格爾帶點質疑地反問。

「我有說要那樣做嗎？那樣真的太無聊了。」法蒂娜再次強調，「我先前不是說了，我要讓你臣服在冰焰雄獅的魅力之下，認同我的迷人。」

法蒂娜毫無動搖，依然自信滿滿。黑格爾也從她的眼神和語氣中感受到，他面前的女人是有備而來——並非他所想的那樣簡單。

「這瓶酒，不是要給你直接喝的。」

法蒂娜自行開了酒，從冰桶拿出來後直接喝了一口。

「難不成妳想獨自喝完？」

「哈，你怎麼會愚蠢地這麼認為？」法蒂娜吞下口中的酒，冷笑一聲，「你安靜，乖乖看著我就好。」

說完，法蒂娜又喝了一口紅酒，這次將酒含在口中，隨後又毫無預警地欺近黑格爾。她一把將對方的臉拉近自己，下一秒毫不猶豫地將嘴貼了上去。

「唔……！」

和上次的吻不一樣，這回法蒂娜撬開黑格爾的嘴，用相當熟練的技巧將口中的紅酒灌入對方嘴中。

「咕嚕」一聲，一口沁涼到骨子深處的冰冷之感，從口中迅速拓展到全身。黑格爾在算是半強迫地喝下那口酒後，緊接著感受到法蒂娜被紅酒冰鎮過的微涼雙唇。

反覆地吸吮，但又點到為止，在分開之時留下一股霜冷的印象。

「原來如此……」

手指輕輕地觸摸著自己微微打開的唇，黑格爾若有所思地喃喃自語。他用指腹感受著殘留在自己唇上的餘溫……來自法蒂娜的冷冰溫度。

「這就是妳所說的……『冰』的意義吧，冰焰雄獅。」

過了一會，黑格爾才緩緩吐出這句話。

「如何，是不是很有意義？」

法蒂娜頗為自滿地微笑著，然後自己倒了一杯紅酒，悠閒地啜飲起來。

「這個嘛，我算是認同吧，勉強認同妳的名字確實有點意思及魅力了。」

黑格爾閉上雙眼，笑笑地說道。

「你就不能給我更多的讚美嗎？真是小氣的男人。」

法蒂娜沒好氣地瞥了他一眼，又喝了一口酒。

「我們的冰焰雄獅需要得到我的讚美嗎？」

黑格爾的眉頭一挑，笑著反問。

「我看你只是非常辛苦地強忍著想讚美我的念頭吧，黑格爾。」

「呵，還真是不服輸的一張嘴呢。」黑格爾笑著搖搖頭，但話鋒又一轉，「不過，法蒂娜大人真的成長不少……我是指吻技的部分。」

「那是當然的，我可有一直在精進，為了能讓調查『清單』的事情更加順利，這點技術性的東西當然要盡可能增強了。」

法蒂娜聳了一下肩膀，一副理所當然的樣子。

「但是，我就有一點好奇了。」黑格爾一手拄著自己的下巴，流露出陷入思考的表情，認真地說著，「法蒂娜大人，您是如何增進技巧的呢？這應該需要『有人』陪妳練習吧？」

「這又沒什麼，這點小問題……」

話還沒說完，忽然法蒂娜的聲音就卡在喉嚨裡……只因就在剛剛那瞬間，黑格爾欺身上前、抓住她持酒杯的手，直接吻上了她。

就算是法蒂娜，也會在毫無心理準備的情況下愣住。她還沒反應過來，自己的嘴唇就被黑格爾反覆地索取，明顯比她更加精湛的吻技，讓法蒂娜的腦袋當機了幾秒鐘，直到黑格爾的唇終於離開。

「雖然我沒有立場去說什麼……但是，光是想到就令我吃味得要命呢，法蒂娜大人。」

被那雙眼直勾勾且近距離地緊盯著，在法蒂娜的眼中，黑格爾此時的眼神相當危險。

宛如被獵豹盯著的獵物，法蒂娜有那麼一瞬間覺得渾身竄過冷顫。

「對方……有比我還要優秀嗎？」

「哈啊？」

麼。

聽到黑格爾這麼一問，法蒂娜一時間只有更加傻住，她不知道這傢伙在說什

「那個人，是哪裡比我更好，才能讓法蒂娜大人願意讓他成為練習的對象呢？」

黑格爾又問了一次，這次是進一步詢問，這下法蒂娜終於聽懂了。

她總算回過神來，用力推開黑格爾，皺起眉頭稍微大聲地回道：「什麼那個人這個人！沒有你說的那種人啦！」

「哦？那麼，法蒂娜大人您又是如何練習……」

聽到法蒂娜認真又響亮的否決後，黑格爾的眉頭又是一挑，半信半疑地問。

「誰跟你說練習吻技就必須要有真人對手啊？你的腦袋會不會太侷限了！」

法蒂娜隨手一撥頭髮，一頭雪白如銀河的髮瀑在半空中閃爍舞動。

「如果不是真人對手，那麼您到底是用什麼方式……」

黑格爾一手扶著自己的下巴，認真地思索。從法蒂娜的眼神及口氣來判斷，他知道自家主人沒有在開玩笑，更不是為了反駁而隨便胡謅。

「什麼方式你用不著知道啦！」

在黑格爾提出疑惑後，法蒂娜馬上別過頭去，雙手抱胸。她這一舉動，立刻引起黑格爾的在意與更多揣測。

瞧見自家主人如此強硬又帶逃避的回應方式，黑格爾的心底大致上有答案了……他不由得笑了一笑。

「笑什麼？有什麼好笑？」

聽到黑格爾的笑聲，法蒂娜稍稍側過臉來，瞪了對方一眼。

「我只是覺得，法蒂娜大人您真是可愛得可以。冰焰雄獅是真的很可愛——我現在非常認同。」

當黑格爾這麼說的時候，原先令人感受到壓迫的危險氣氛徹底消散，只剩下真心讚揚的態度。

看到如此大的反差，法蒂娜心裡的第一直覺就是認為有鬼。

「你到底想說什麼？突然使詐肯定有問題。」

「唉呀，法蒂娜大人您怎麼會如此認為？難不成冰焰雄獅這一名稱不值得被稱讚可愛嗎？」

「少囉唆，快說出你心底真正的實話。」

越是聽到他用這種半開玩笑的話回應，她就越是確定自己的猜測無誤。

受到法蒂娜的施壓，黑格爾只能搔搔臉頰，乾笑著說：「啊……其實也沒什麼。只是恍然明白，法蒂娜大人的練習方式大概為何而已。」

「你……黑格爾你要是敢講出來我就不饒你。」

一聽到某個關鍵字，法蒂娜的臉色立刻一垮，雙眼睜得圓滾滾地瞪著他。

「不知道為什麼……」黑格爾一邊繼續搔著自己的臉頰，一邊說，「就是那種……越是叫我不要說，越是想說出來的欲望呢？法蒂娜大人的練習方式是——」

「夠了哦！黑格爾！我命令你不准說出來！」

在黑格爾刻意拉尾音的當下，法蒂娜馬上強硬地大聲強調。就在這幾次來來回回的攻防之下，黑格爾最終仍是沒有把他發現的答案說出口，因為他很清楚……

法蒂娜大人拿著假人頭練習吻技的這種祕密還是他私藏就好。

The Villain Earl's
Discipline Diary

第四章

抵達日和國接受相馬辰己的招待，已經來到第三天。這段期間法蒂娜幾乎很難碰上相馬辰己，就算好不容易碰著面了，沒多講幾句話，這位日和國生意人就會接到一通電話，沒多久便滿懷歉意地向法蒂娜告退離去。

法蒂娜對此頗有微言，她還是第一次遇到如此不識相的男人。向來男人都是手到擒來，這次算是有點碰了壁。

「唉呀呀，法蒂娜大人，您這次算是有些踢到鐵板了。相馬辰己似乎很難接近呢。」

在旁目睹一次次錯過的黑格爾，忍不住搖頭對法蒂娜說。

「哼，難說呢，我只是沒有機會跟時間好好發揮而已。」

法蒂娜馬上一口否定，她認為自己可沒那麼沒魅力。

「這麼說來確實也是，您確實沒有合適的場合跟時間發揮。但就算如此，只要您一直無法接近相馬辰己，調查就無法進行。您在日和國只能停留兩週的時間，這樣恐怕相當緊迫。」

黑格爾想了想，其實法蒂娜說得也沒有錯，確實是沒有讓她好好展露一手的機會。

只是正因為連機會都沒有，就更別談後續了。

「關於這點我自有打算。」法蒂娜輕哼，「如果那傢伙在現實生活的時間都被工作綁住，我就去虛擬世界裡找待在裡頭的他。」

法蒂娜轉過身來，對著黑格爾補充道：「上次那個什麼『閃亮夢幻會』，我已經把房子買在相馬辰己的住家隔壁。只要一有機會，我就會去找他。」

「哦？沒想到法蒂娜大人已經積極地做到了這一步。」

黑格爾有些意外地看著自家主人。

「不止如此，我還調查了一下，相馬辰己那傢伙雖然在現實生活中常常被工作纏身，但他的『工作』有很大部分就是要進入『閃亮夢幻會』中。也因此，我才會做此準備，相信在『閃亮夢幻會』裡會有更多和他接觸的時間。」

「不愧是我們家的法蒂娜大人，設想得真是周到，那麼若是夢幻幣不夠的話，請隨時請跟我說，我會替您好好儲值一大筆的。」

「你確定需要我開口？你不是都已經事先做好了嗎？你可是我最得意的貼身管家，這種小事還要我開口要求嗎？」

「能夠聽到法蒂娜大人的這種讚美，是我最大的榮幸。若是可以，您可以再說一次嗎？我想錄音下來好好重溫。」

「夠了哦，黑格爾。你這種痴漢的病態心理也是挺不簡單的。」

法蒂娜冷冷地白了黑格爾一眼。

「嗯，雖然沒有前一段這麼好，但剛剛那句我也當作是您的讚美，已經錄下了，謝謝法蒂娜大人。」

「黑格爾……有病要吃藥啊，我沒少給你薪水付醫藥費吧……」

眼看黑格爾一臉燦爛地微笑著說出方才那段話，法蒂娜實在不知該怎麼說了。不過就某種程度上而言這就是黑格爾，她最熟悉不過的男人。

「走吧，回房去登入『閃亮夢幻會』。依我看，相馬辰己應該又是要去遊戲裡了。」

「遵命，法蒂娜大人。」

回到房裡後，第一件事就是由黑格爾迅速準備好登入遊戲的前置作業。設置好了絕對不能忘的鬧鐘後，法蒂娜便慢慢躺下，含著紅色膠囊進入「閃亮夢幻會」。

潛入夢境之中，來到意識的最深處，當法蒂娜再次「感覺」自己睜開雙眼時，看到的景色已截然不同卻又有點熟悉。

「系統確認，『冰焰雄獅』登錄『閃亮夢幻會』——」

溫柔動聽的男性語音傳入法蒂娜的雙耳，這是她第二次登入「閃亮夢幻會」，因此聽到這種叫喚自己的方式仍有些新鮮感。

不過，這回登入的場景有所不同。

她發現自己先站在一座青綠色的草坪上，看著前方，似乎有一座像是升旗臺的場景，以及一名站在臺前的女服務生。

為何會一眼就認定對方是服務生，那是由於在法蒂娜的認知當中，穿著一身粉紅色整齊套裝搭配高跟鞋的年輕女性，似乎就是這麼一回事。

或許是刻板印象了點，但短時間內法蒂娜還真想不到其他的可能性，尤其是對方還拿著麥克風，似乎準備清喉嚨要對她宣布什麼的模樣。

「咳咳，哈囉哈囉，妳好妳好，麥克風測試，有聽到我的聲音嗎？」

穿著一身粉紅色套裝的小姐清完喉嚨後，開始對著法蒂娜說話。

「我聽得到，妳可以直接說了，別給我拖延時間賣關子。」

法蒂娜雙手抱胸，不耐煩地板著一張臉回應。

「嗚哇……這位新來的玩家居然這麼直接……咳咳，好、好的好的，那個我先自我介紹一下，我叫麗琪，是『閃亮夢幻會』裡負責冰焰雄獅房貸跟建案的助理小姐唷。」

對方被法蒂娜的反應嚇到，只是很快就掃除臉上的錯愕，換上親切甜美的笑容對著法蒂娜介紹。

「什麼房貸跟建案，我不是已經一口氣繳清買房的錢了嗎？還有，別給我裝熟，妳只是系統的NPC吧？快點切入正題。」

「唔，真、真是可怕的女人……這還是我在閃夢裡第一次遇到的玩家類型……」

「我說妳，別在那邊自言自語，我全部聽得一清二楚喔。叫什麼名字的，快點給我解釋清楚，別浪費時間，我還有正事要辦。」

法蒂娜的眉頭一皺，這回更加不客氣了。

「那個，我也是有名字的好嗎？就算是NPC角色。」

麗琪鼓起兩頰，有些氣呼呼地說。

「名字？重要嗎？」法蒂娜的眉頭一挑。

「很重要！之後有關房子的事情都要找我啊！總不能每次都說那個誰吧？」

「好了少囉唆，麗琪妳快點講正事啦。」

「嗚哇！妳明明就知道我叫什麼！」麗琪驚呼出聲，「咳咳，總之，雖然妳已經將房子與土地的錢都支付完畢，但日後我們都會再推出新的拓建或改造方案，供住戶選擇是否要將莊園打造得更夢幻完美，這也是我們服務的宗旨。」

「哦，也就是是說，騙錢一次還不夠，還要騙更多讓人陷入無限背房貸循環就是？怎麼聽起來很像別款遊戲……」

法蒂一手托著下巴，冷冷吐槽道。

「嗚，妳這人講話怎麼都不留情面的啊……算了，無論如何往後有關房子的任何需要，都可以找我喔。」

先是一臉受傷地喃喃自語，嘆了一口氣後，麗琪重新振作起來對法蒂娜這麼說。

「那些以後再說，我現在只在意一件事。房子剛落成時都會有一場慶祝會，附近的屋主玩家都會受邀——這包括身為遊戲總監的相馬辰己嗎？」

法蒂娜壓根不想理會麗琪方才說了什麼，只想快速切入重點，也就是她最關切的目標人物相馬辰己。

她正是知道這個慶祝會的情報，才刻意砸大錢把房子的地段選在相馬臣己的住家隔壁。

「嗯，相馬總監一樣會參加喔，只要是附近鄰居基本上慶祝會當天皆會出席。」

果不其然，麗琪的回答證實了法蒂娜的想法，她頗為滿意地笑了。

「何時可以舉辦慶祝會?我要能快就快。」

「最快的話就是明天，我們也需要時間準備及邀請其他住戶，妳也需要先參觀剛蓋好的新房吧？」

「嗯，好，就明天。那我就隨意看一下吧。」

法蒂娜聳了一下肩膀，沒再多言便轉身離開。就算麗琪沒有告訴她自家在哪，法蒂娜只要點開腕上的手環一看，就能馬上清楚位置。

或許由於是虛擬遊戲世界的緣故，即便是腳程，感覺也比現實世界快上許多。明明她只是慢慢地動動雙腿，卻很快就來到她剛花一大筆夢幻幣建好的住家。

外觀比預期的還……要樸素。

簡約的白色二層樓獨棟樓房，說不上霸氣跟豪奢，顯然還有很大的發揮空間……一時間法蒂娜恍然明白為何麗琪會那樣說，因為後續若想裝潢整修大概還得花不少費用。

不過，房子氣不氣派對法蒂娜來說壓根不重要，就算她的房子目前是夢幻第五大道上最最最樸素的一間，她也完全不在意。

她要的，只是這個地理位置……能強迫相馬辰己前來自己的慶祝會，進而觀察他的絕佳位置。

冷冷地瞧了幾眼自己的房子後，法蒂娜轉頭看向隔壁的豪宅——據說是相馬辰己在「閃亮夢幻會」裡的住所。

「那傢伙還真浮誇啊。」

映入眼簾的是一棟相當雄偉的宮殿型豪宅，宛如當年某國號稱的「白宮」造型，打造出尊爵不凡的形象。

相馬辰己的住家外圍還有一大片空曠草坪，似乎是開放對外觀光，有不少其他玩家在草坪上行走與拍照，每個人都把這當作知名景點看待。

法蒂娜覺得很扯，但有點意料之外，沒想到平時看似還算嚴謹且滿腦子都是工作的相馬辰己，在「閃亮夢幻會」裡居然會打造出如此絢麗誇大鋪排的房子。

總覺得，相馬辰己那傢伙似乎有點什麼……通常這種有些落差的男人，大都暗藏著不可告人的祕密。

本來她的依據只有姐姐的日記，如今親眼看到相馬辰己在「閃亮夢幻會」裡的豪宅，法蒂娜更確信肯定有一回事了。

法蒂娜越來越有信心，自己能夠在這款遊戲中抓到相馬辰己的把柄，以及最終確認是否他就是殺害姐姐的凶手。

一邊嘴角揚起，法蒂娜一手扠腰，頗為滿意地走進剛落成的新宅。一進門，就是剛上好油漆的新味道，不得不說，連氣味都模擬得這麼像實在不簡單。

「歡迎回家，法蒂娜大人。」

一道溫文有禮的男性嗓音，尊敬地恭迎新家主人的初次返家。

「我怎麼不知道，原來還有附贈一名管家？」

聽到聲音的當下，法蒂娜先是皺了一下眉頭。這聲音似乎……在哪聽過？莫名熟悉。

「嗯，可惜要讓法蒂娜大人失望了，並不是附贈的管家呢。」

「不是附贈的?你又是哪來的……!」

正想冷冷吐槽聲音的來源者,法蒂娜緩緩地轉身,這才赫然發現——原來和自己講話的人不是別人,正是她最為熟悉的貼身執事黑格爾!

「您終於發現了呢,法蒂娜大人。」

對方出現在法蒂娜的眼簾之中,臉上掛著迷人的笑容。

「你怎麼會出現在這裡,黑格爾!等等,不對,你也是虛擬出來的嗎?是不是這遊戲把我腦內記憶復刻模擬出來的人像?」

法蒂娜顯然吃了一驚,但隨後馬上懷疑起對方的身分。

「法蒂娜大人會這樣想,我實在很傷心呢,您怎麼會覺得我是虛擬出來的呢?」

「你是本人?貨真價實的?」

法蒂娜狐疑地瞇起雙眼,盯著對方仔細瞧。

「要不,讓法蒂娜大人體會一下我二十四小時全神追隨的視線,也許您就會回想起來……」

「夠了,你就是那個病態的黑格爾沒錯。」

毫無懸念。法蒂娜一聽到方才那句話就能如此斷定。

「你怎麼會出現在這裡？你出現在這的話，不就代表沒有人會叫醒我嗎？」

知道這傢伙就是自家的黑格爾無誤後，法蒂娜雙手抱胸質問。

「這點還請放心，基本上我都有設置好雙鬧鐘，我會比您更早登出遊戲。再說，只要鬧鐘有正常運作，就算不用我特別叫醒您也是可以的。」黑格爾恭謹地說，「至於為何會出現在這……嗯，我想可能法蒂娜大人會需要我進來幫忙。」

「不需要。」

「別這麼快就否定啊法蒂娜大人。」

馬上就被打臉的某人，有些哀怨地看著自家主人。

「我一個人就能搞定，多你進來是要做什麼？嫌我給你的薪水太多要來課金花錢嗎？」

「不敢不敢，絕無此意，法蒂娜大人。」

「算了，反正不管我會不會真的扣你薪水，你都會堅持繼續待在遊戲裡對吧。」

法蒂娜嘆了一口氣，再冷冷地瞥了黑格爾一眼。

「真是知我者法蒂娜大人。」

黑格爾立刻露出燦爛迷人的微笑。

「既然你都進來遊戲了，那就給我好好發揮作用，明白嗎？」

「遵命，法蒂娜大人。」

黑格爾將一手覆在自己胸前，面帶微笑毫不遲疑，充滿信心地回應。

「話說回來，這個閃亮夢幻會的遊戲是不是會讀心？房間布置得挺好，很符合我的要求。」

法蒂娜話鋒一轉，看向客廳四周——非常樸實簡單，只有一張沙發、小桌子跟一面偌大的電視牆，其餘什麼都沒有。

不過，這就是法蒂娜目前所需要的家具，因為她壓根沒打算認真經營這款遊戲，進入「閃亮夢幻會」無非只是要調查相馬辰己而已。

這棟房子裡只需要能派上用場的物品，就連房子本身也僅僅是法蒂娜意圖接近目標的「道具」。

「這倒不是，而是我先替您訂好了。對了，臥房的部分您也可以看一下。」

黑格爾對著法蒂娜微微一笑，伸出手來邀請自家主子。

「哼，那就說得過去了，我還以為這款遊戲會讀心呢。是你的話，就不意外了。」

法蒂娜一邊說，一邊邁開步伐往黑格爾示意的房間而去。

「那是當然的，因為這世上就屬我最了解您，我的雙眼就只為了觀察您注視著您而存在呀。倘若法蒂娜大人哪天不在了，我這雙眼就算被挖出來也沒有關係，因為毫無意義。」

「黑格爾，我知道你有病，但不要沒事一直拿出來說好嗎？」

法蒂娜沒好氣地白了對方一眼。每次聽到黑格爾說出類似這種話，都想一拳揍過去讓那傢伙清醒點。

「唉呀，法蒂娜大人這是在擔心我嗎？您就這麼擔心我把眼睛挖出來呀？啊，真是感受到了您的關愛呢。」

「你還是挖出來吧，黑格爾。」

看到黑格爾一臉陶醉地笑著注視著自己，法蒂娜眼神已死地冷冷回應。隨著腳步前進來到了臥房，映入眼簾的景象正如法蒂娜所設想。

臥房裡留下了許多空間，中央只有一張潔白的大床，以及一張小小的梳妝臺跟椅子。

這完全符合法蒂娜想要的，對她而言，臥房就僅僅是睡覺的地方，以及可能拿來「練習技巧」的場所。

「就這樣吧，接下來就等著明天的慶祝會。」

看了一眼後，法蒂娜轉身就走，「我要提前登出遊戲，現在你到底要怎麼叫醒我？」

「這個，我想想。」

黑格爾一手拄著下巴，似乎認真地在思考。過了幾秒，他突然抬起頭來問：

「不如現在直接進行技巧練習？順便試一試床的舒適度是否滿意？」

「你只想做些下流的事情吧？別以為我會如你的意，黑格爾。」

馬上就得到法蒂娜堅定的否決。

「不過，那張床倒是可以現在派上用場。」

法蒂娜往床鋪走去，緩緩坐下，踢開了腳上的鞋子。

「既然現實世界裡的我還沒睡醒，我就在虛擬世界裡睡一下直到另一邊醒來。」

說著，法蒂娜便直接躺了下去，隨後又對站在一旁的黑格爾說：「喂，你是木頭嗎？還杵在那邊做什麼？沒看到我缺枕頭躺嗎？」

「抱歉，是我漏掉了枕頭還未購買……那麼，為了謝罪……」

黑格爾話未說完，就同樣坐上床、換下鞋子，將修長的雙腿打直。

「法蒂娜大人，您就勉為其難接受一下我這枕膝如何？」

「哼……我看你沒買枕頭分明就是故意的。」

雖是這麼說，法蒂娜的身體卻也一邊行動，她抬起身子、挪動一下，就側躺在黑格爾的大腿之上。

「法蒂娜大人，您怎麼可以沒有根據就懷疑我呢？」

看著法蒂娜輕輕地躺了下來，黑格爾將手緩緩地舉至上空，再輕柔地放下，溫柔地撫摸著法蒂娜的頭、梳撥那一頭雪白的髮。

「我還不了解你嗎，黑格爾……」

她一邊回應，一邊緩緩閉上雙眼，長長的睫扇在闔上眼後更為明顯。

黑格爾的撫摸總是如此令人放鬆，也唯獨黑格爾的手，才能為法蒂娜帶來這種安心的感受。

漸漸的，睡意逐而興濃。

「好好休息一下吧，法蒂娜大人……至少，枕在我的腿上，就比較不會做惡夢了吧……」

說話的聲音也跟著輕柔下來，現在若有一面鏡子，就能照出此刻的黑格爾無論眼神、行為，都是無比地寵溺。

沒有再回應，法蒂娜僅僅是閉著雙眼，至於她究竟有沒有真的睡著，對黑格爾來說並不重要。

只要，他的法蒂娜大人能在自己身邊多獲得一刻的安寧。

多獲得一刻的安心。

黑格爾就算是大腿被睡到發麻要吃通血路的藥也不在意。

The Villain Earl's Discipline Diary

第五章

「法蒂娜大人，法蒂娜大人，您快醒醒。」

聲調儘管相當溫柔，但還是帶點緊急的催促語氣。

「唔，小獅子別跑……毛絨絨的……還有那個獠牙多可愛啊……快給我抱抱……」

「法蒂娜大人，您別再說夢話了，快醒醒。」

「唔嗯……」

一邊叫喚，一邊搖晃肩膀，雙管齊下後，法蒂娜終於從睡夢中清醒過來，緩緩睜開雙眼。

「法蒂娜大人，您可終於醒了。」

「黑格爾……你這麼急著叫我做什麼？不過就是要登出遊戲，有必要這麼急嗎……」

剛醒過來還有些恍惚，法蒂娜一手扶著自己的額頭，似乎想要穩住自己的頭不要晃動。

「法蒂娜大人，您不是想要抓出相馬辰己的小辮子嗎？或許現在就是機會。」

「你說什麼？相馬辰己那傢伙怎麼了？快，快跟我說。」

一聽到關鍵字，法蒂娜馬上徹底清醒過來，雙眼瞬間炯炯有神地盯著黑格爾。

「就在我剛剛想去倒杯水回來給您時，剛好看到有一人和相馬辰己會合。」

「哦？能讓你覺得如此緊急需特別跟我報告的，肯定不是一般人。說吧，對方是什麼樣的人？」

法蒂娜雙手抱胸，認真地看著黑格爾。她了解黑格爾，黑格爾不是一個隨隨便便就會特別打這種小報告的人，肯定是黑格爾認為哪裡有蹊蹺才會馬上通知。

「法蒂娜大人真是懂我，我實在很開心呢，有感覺被您所愛著。」

黑格爾聽到她這麼說，當下不是馬上接續正事，而是露出一副陶醉沉溺的笑容。

「你是不是連我毒打你一頓，都會感覺被愛？」

法蒂娜沒好氣地冷冷瞥了對方一眼，是她的錯覺嗎？黑格爾這傢伙最近好像病得越來越重了？

是不是她自己也要檢討一下啊？

「如果法蒂娜大人要這麼說的話，我也會把您的每一拳都視為愛，就請用力地捶在我身上吧。」

「別想，一輩子都別想，我才不會如你這病嬌的意。」

法蒂娜馬上用充滿凜冽煞氣的眼神，瞪了黑格爾一眼。

「呵呵，法蒂娜大人真是的，我就知道您會捨不得，打在我身上痛在您心上啊。」

「黑格爾，你是不是很想找死啊？我說你到底要不要給我好好講正事了？」

法蒂娜強忍著心中快要爆發的怒意，加大音量強勢地說道。

「是，啟稟法蒂娜大人，我說的那位人物若沒認錯，應該就是『閃亮夢幻會』公司的會計，之前在做相馬辰己與其產業的調查時，我有看過此人的照片。」

「你的意思是，深夜時分，『閃亮夢幻會』的會計卻跑來和相馬辰己開會？若沒意外，看起來應該兩人神色都很匆忙且神神祕祕的吧？」

聽到這裡，法蒂娜已查覺事有蹊蹺。

「是的，他們的行為看起來鬼鬼祟祟，左顧右看，最後進了相馬辰己的房間，門扉立即上鎖。尤其是那名會計，像是不想被人發現自己在這時間進入相馬辰己的住家。」

「會計……行跡可疑……看來，這個相馬辰己果然有什麼問題。而且，就如同我們設想的那樣，他的把柄肯定與『閃亮夢幻會』有關。」

法蒂娜一手拄著下巴，思索著喃喃自語，接著突然抬起頭。

「黑格爾，那名會計離開了嗎？」

「應當還沒，他們才剛進去片刻而已。您打算做什麼呢？」

「我去堵人。」

話音一落，法蒂娜立刻展開行動，離開她和黑格爾住宿的房間。

「是，祝您順利，法蒂娜大人。」

即便沒有問出法蒂娜究竟要做什麼，黑格爾大抵也明白自家主人接下來的行動。

法蒂娜知道自己要前往的方向，就只有一個——相馬辰己的寢室門前。

她在外靜待，先是將耳朵貼著門面，偷聽裡頭的聲音。隔著一扇門，加上裡頭之人的音量本就不大，似乎是刻意壓低了聲音。

隱隱約約，只聽得到有兩個人在對話，代表稍早進門的會計確實還未離去。

「這樣真的可以嗎？」

其中一道從沒聽過的陌生男性聲音，帶著憂心的感覺問道，法蒂娜猜想對方應該就是相馬辰己的會計。

「照我的話做就好。」

另一道聲音很顯然就是出自相馬辰己，不過這兩人似乎就快結束談話，好像正往門的方向移動，法蒂娜這才可以比較清楚地聽到對話。

也由於兩人就要離開房間了，法蒂娜立刻躲到附近一扇屏風的後頭。

很快的，正如法蒂娜所料，相馬辰己的臥房門扉應聲開啟，一道身影從中走出。

在關上門前，沒有第二人再走出來。躲在屏風之後的法蒂娜偷偷觀察著，看到這名初次見到的陌生面孔站在門前，低下頭來，嘆了一口深長的氣。

無奈的情感明顯地表露在他身上，他似乎猶豫了片刻，才邁開沉重的腳步往前移動。

見狀，法蒂娜立刻離開屏風、跟了上去。

「唉呀。」

驚呼聲伴隨著一道倩影，赫然出現在剛踏出相馬辰己房間之人的面前，他忽然見到一名女子好似不小心一個踉蹌、往他的方向撲了過來。

「小心！妳沒事吧？」

男子反射性地扶住對方，只見倒在懷裡的女子，抬起頭來用美麗的眼眸望著他，氣弱地回應：「沒、沒事……還好你即時接住了我……謝謝你……」

女子的一對雙眸隱約含著氤氳水氣，衣衫略微不整，豐滿的酥胸半露，低頭看到這份春光的男子，忍不住嚥下一口唾沫。

「那個，沒事就好……」

男子別過頭去，推了推有點下滑的眼鏡，好似在遮掩自己的害羞。

「我是法蒂娜，聽過我的名字嗎？福斯特．法蒂娜？」

法蒂娜依然偎在對方懷裡，報上了自己的名字。

「啊，原、原來是福斯特伯爵大人……失、失敬了！」

男子倒抽一口氣，當下反應就是想把法蒂娜推開，沒想到她反而有所抗拒，一手還牢牢地抓緊了對方的肩膀。

「看到我，就這麼想逃走嗎？」

「我……！」

被法蒂娜抓住這麼問，男子一時間顯得不知所措。只見她輕輕地抬起對方的下巴，嬌媚地問：「女士優先，我都先報上自己的名字了，你呢？是不是該介紹一下自己？」

「我……我叫山下言，福、福斯特伯爵大人……」

戰戰兢兢地報出自己的名字，自稱山下言的眼鏡男子，又是連吞了幾口唾沫。

「職稱呢？」

「只、只是普通的會計……」

「普通的會計？普通的會計會在深夜時間偷偷摸摸進入相馬男爵的家？」

法蒂娜的眉頭一挑，懷疑地笑問。

「就真的只是普通會計……」

「不是這樣的吧？還是說，難不成山下先生和相馬男爵有著什麼不可告人的關係？該不會，相馬男爵不愛女色而是……」

「絕不是這樣，福斯特伯爵大人！」

法蒂娜的話還沒說完，就見山下言有點激動地強烈反駁，只是隨後便立刻膽怯地道歉：「抱、抱歉，請恕我失禮……福斯特伯爵大人……」

「嗯，如果覺得抱歉的話，要不我們到旁邊，陪我聊個天賠罪一下？」

法蒂娜展顏一笑，這抹笑容看似親切，山下言卻清楚這更多是強制的命令。

「福斯特伯爵大人，可是我……」

「沒有什麼可是，還是說你覺得我不夠資格跟你聊天？」

「不！絕、絕無此意！」

山下言嚇得立刻聳起肩膀。

「那就過來陪我聊一下吧，不會耽擱你太多時間的。」

趁著相馬辰己還沒發現她勾搭上了山下言，法蒂娜必須好好把握時間，趕緊套話才行。

半哄半騙外加半脅迫，法蒂娜終於將山下言拉到自己房間。山下言一見到待在房裡的黑格爾，就更是緊張地閉著雙唇，眼神都不敢直接對上主僕二人，不斷看著地板、牆面，目光游移不定。

「山下先生，放輕鬆點。這位是我的隨從，你就把他當成空氣一樣就好，和你聊天的人是我，不是空氣呢。」

法蒂娜在黑格爾替自己拉開沙發椅後，慵懶地坐下，一手撐著自己的下巴，嘴角勾著誘人的笑容，面對著依然一身戒備的山下言。

「黑格爾，替山下先生斟一杯酒。」

「遵命，法蒂娜大人。」

收到命令後，黑格爾很快就替山下言倒好一杯紅酒，放到他身旁的小木桌上。

「請喝，山下先生，在我面前可以不用那麼拘謹。」

「謝、謝謝福斯特伯爵大人……」

山下言嚥下一口唾沫，只能硬著頭皮照做。喝了幾口酒後，就聽見法蒂娜的問話。

「山下先生，這麼晚來找相馬男爵，若不是為了……嗯，私人因素，就是為了工作吧？」

「唔……是、是為了工作沒錯……」

「哦？都這個時間了，還要向你們家的總監報告嗎？真是辛苦呢，而且還是讓會計來，不是公司的主管幹部。」

「那個，福斯特伯爵大人您想說什麼……」

「山下先生真是聰明人，很直接，那麼我就開門見山地問你了——這麼晚也要跟相馬男爵見面的原因是什麼？」

法蒂娜壓低嗓音，拉長尾音刻意強調，臉色更是在一瞬間沉了下去，變得嚴肅。

「這……請恕我無法奉告……這……這畢竟是我們公司內部的事情……」

山下言別過頭去，這下逃避的舉動更為明顯，說話的口氣也更加心虛。

「我說——」

法蒂娜突然站起身，貼近山下言，她先是毫無預警地摘掉對方的眼鏡，再來直接坐在他的大腿上，一手環著山下言的脖子，似笑非笑地開口：「一點點就好，一點點就可以了，吶——告訴我吧？」

「福、福斯特伯爵大人……！」

山下言更為慌張，但除此之外兩頰還明顯漲紅，就算是隔著衣物，貼上對方胸口的法蒂娜也能感受到他的心跳加快。

「說嘛，吶，我保證不會讓相馬男爵知道是你告訴我的。」

雙眼彎成上弦月般的弧度，法蒂娜笑臉迎人地輕聲蠱惑。

混亂之下，加上賀爾蒙的搗亂，山下言終於鬆了口。

「是……為了公司的財務報告而來……」

「哦？可是，這不是很奇怪嗎？這種事情不是白天在公司裡處理就好？為何非得偷偷摸摸地挑深夜時段來相馬的家裡？」

法蒂娜稍稍歪著頭，刻意用不明白的眼神凝望著山下言。實際上就算山下言沒有說出口，她也大約有個想法。

如果她沒猜想錯的話，相馬辰己的把柄算是讓她覓得一絲線索了。

「這、這個，因為相馬總監覺得財報的事情，交由我們兩人處理就好不需要勞師動眾……」

「是嗎？原來相馬男爵這麼體諒員工，我還真不知道呢。」

法蒂娜又是故意揚高尾音提問，眉頭挑起。

表面上她雖是這麼說，實則內心想的是——這個山下言還真是不會說謊啊。

這麼爛的藉口也說得出口，相馬辰己啊相馬辰己，該說你會挑人？還是不會挑人呢？

「真、真的是這樣……那個，福斯特伯爵大人我、我可以離開了嗎？如果再不離開，恐怕相馬總監會發現……」

說起話來支支吾吾，汗流浹背，山下言用拜託的眼神望著法蒂娜。

「這倒也是，如果讓山下先生為難的話，我也不好意思呢。」

話音落下，法蒂娜也從山下言身上起身，看著他忙著整理服裝準備離去。

「不過多虧山下先生，我大概得到了很有趣的情報，多謝你了。」

法蒂娜對著他嫣然一笑，山下言什麼都沒說，只是臉色蒼白、匆匆忙忙地奪門而出。

山下言離開後，法蒂娜轉向黑格爾，臉上的笑容也瞬間汰換，變成了嚴肅思索的神情。

「黑格爾，看來我們找到相馬辰己的一點把柄了——閃亮夢幻會的財務狀況肯定有問題。」

面對著前方的落地窗，她看著窗外深沉的夜色，月黑風高，帶著一股肅殺冷冽的氣息。

如同，此刻法蒂娜的眼神。

「我也這麼認為，但只有山下言的片段之詞，是無法掌握到什麼具體的證據。」

黑格爾在法蒂娜的身後，同樣用低沉的嗓音回覆。

「我是說，做一個假設。」法蒂娜接續說道，「假設，相馬辰己讓山下言作假帳……不管是他想掏空公司，還是公司營運實際上出了很大的問題，除了作假帳之外，以你對相馬辰己的了解，他還會不會再做點其他手腳？」

「啟稟法蒂娜大人，我認為有相當的可能。根據我們過去得知的情報顯示，相馬辰己的經營方式，向來都是不擇手段也要達成目標的類型。」

黑格爾回想起當初和法蒂娜一起找尋的資料，無論從哪一篇報章雜誌或者私人情報來看，在在都顯現出相馬辰己是個用盡各種手段的男人。

「那麼，你認為像他那樣的人，僅僅只會做假帳而已嗎？」

「不，我認為不止如此。尤其是牽扯到了『閃亮夢幻會』，相馬辰己更不可能只做出這樣的事。」

黑格爾搖搖頭，正色地否定。

「看來你跟我想的一樣，不愧是我的黑格爾啊。」

法蒂娜一手撥弄雪白髮絲，緋紅的雙眸熾熱如火，隔著窗看向外頭的無盡黑夜，眼中燃燒的鬥志彷彿能把黑夜融化。

「我有預感，很快，很快就能知道相馬辰己是不是當初殺害姐姐的凶手了。」

「是，黑格爾祝您早日得知真相。倘若相馬辰己就是凶手，請讓他得到應有的制裁。」

一手覆在胸前，黑格爾微微欠身，對著法蒂娜恭敬地說道。

「歡迎『冰焰雄獅』登入閃亮夢幻會，今天是您新居落成的慶祝典禮，閃亮夢幻會官方將送上賀禮，請點擊查收。」

「什麼啊，還這麼無聊送什麼賀禮。」

登入遊戲後，法蒂娜挑起一邊眉頭，看著自己的銀色手環，上頭一顆紅色的水晶正閃爍著光芒。她輕輕一點，就憑空跳出一個包裝精美、綁著紅色蝴蝶結的盒裝物。

「哦，我還以為是什麼……原來是酒啊？」

法蒂娜看著拿在手裡的酒瓶，看上去似乎就只是普通的紅酒，直到她將瓶身轉過去一看，這才有些意外。

「『閃亮夢幻會特製專屬調情美酒……此酒成分具有撩撥人心及讓人發熱的效果，還請斟酌使用。』這什麼啊?不就是摻有春藥的酒嗎？」

看完上面的小字說明，法蒂娜皺了皺眉頭，臉上是明顯的驚訝，摻雜了一絲厭惡。

「這官方是怎樣?所以這個『閃亮夢幻會』其實是可以成人向的嗎?怎麼會送這種東西給我當新居落成的禮物啊……」

法蒂娜忍不住碎碎念，但想想既然都收到了，就收起來好了，或許真有派上用場的機會。

不想再多浪費時間在這瓶酒上，法蒂娜帶著酒，往剛落成的新家走去。遠遠的，就見一如既往穿著正式套裝的助理小姐麗琪，正滿臉笑容地對著她揮手。

「這裡這裡!冰焰雄獅小姐!」

「不准給我加上無謂的『小姐』稱號，我雄獅的威名都被妳破壞了。」

法蒂娜立刻冷冷地瞪了麗琪一眼，不悅地回應。

「嗚哇，果然一開口就很凶呢，我真的和這玩家不對盤……」

「妳在那邊嘀咕什麼？荔枝。」

「是麗琪啦！什麼荔枝妳當我水果喔！」

麗琪馬上氣得漲紅雙頰，握緊雙拳反駁。

「隨便啦，妳這個囂張的ＮＰＣ角色想幹嘛？」

法蒂娜仍然沒好氣地皺緊眉頭，不客氣地質問。

「咳咳，當然是來協助妳舉行新居落成慶祝活動啊！妳是比較想要典禮形式呢？還是趴踢類型呢？」

麗琪清了清喉嚨，努力讓自己回歸正常的工作模式。

「都好，無所謂，我只要能吸引到目標都好。」

「哇喔……新居才剛落成就已經在想引誘什麼目標了……會不會太可怕了……該說如狼虎般飢渴嗎……」

「妳說什麼？妳想要我像狼虎一樣把妳咬爛大卸八塊嗎？」

法蒂娜凶狠銳利的眼神如刀片般射向麗琪，只見對方狠狠倒抽一口氣，搖頭驚呼：「不不不我什麼都沒說！」

「哼，那就好，總之是妳負責企畫的吧？隨妳怎麼做，只需告訴我結果就好。」

「好、好的！那麼我就先以趴踢的方式進行……前置作業已經處理得差不多了，只要稍稍改變一些地方就好，大概再過半小時就能舉行了！」

抱緊胸前的文件資料夾，麗琪畢恭畢敬地報告。

「嗯，去吧，我等妳通知。」

一手隨意地向麗琪揮了揮，法蒂娜轉身離開，此刻她一心一意只想尋覓目標的身影。

她要找尋的，自然是來到日和國最大的目標，相馬辰己。至今，法蒂娜和相馬辰己接觸的時間與機會依然不多，明明同住一個屋簷下，卻總是很難掌握和對方碰面的時間。

她待在日和國的時間有限，以福斯特伯爵名義於各國巡迴參訪的時間都有固定，倘若沒有在期限內查出什麼，之後想要再次近距離調查目標就會變得十分困難。

深知這點，法蒂娜這才願意踏入這輩子本該不會再登入的遊戲世界，然而到現在，距離活動開始只剩不到半小時，她還是沒看到相馬辰己的身影。

就在這時，有人從後方點了點法蒂娜的背，她的第一反射動作就是抓住對方的手、準備狠狠地過肩摔——

「是我啊是我！快放手啊啊啊冰焰雄獅！」

似曾相識的女性嗓音讓法蒂娜停頓了一下，最後轉過身來看清楚對方。

「原來是妳，獨角獸。我警告妳，以後最好別在我的視線範圍外碰觸我。」

「是是是，我這次真的記取教訓了……真是嚇死我，還以為自己要被摔出去了……」

被法蒂娜稱呼為「獨角獸」的年輕女子，實際上全名是「獨角獸小姐姐」，只不過法蒂娜不喜歡將這種稱呼喊出口。

「妳怎麼會出現在這裡？」

法蒂娜鬆開手，雙手抱胸冷冷地問。才幾天沒見，眼前的女子似乎有哪裡不太一樣，感覺……整個人都光鮮亮麗了起來。

「當然是因為今天是妳新居落成啊，通常會有慶祝典禮或者趴踢……好痛啊，我的手……」

獨角獸小姐姐揉著被抓過的手，一臉哀怨無奈地回答法蒂娜。

「原來如此。」

「我說冰焰雄獅，妳是不是太硬漢了一點？這種反射性過肩摔的技能，到底是怎麼點滿的啊？」

「多摔幾個人就會精通了。」

「還真是有妳風格的答案……咦，妳手上的那瓶酒是？」

一邊揉著痛處，一邊注意到法蒂娜重新拿到手裡的紅酒，獨角獸小姐姐問道。

「這個？官方送給我的什麼新居賀禮。」

法蒂娜拿高手中的酒瓶，不是很在意地平淡回答。

「我看看……咦！這、不就是加了春——」

接過酒瓶後，獨角獸小姐姐看了一下上頭的標示，才驚訝地開口，就馬上被法蒂娜打斷。

「小聲點，妳當這裡沒有別人嗎？」

法蒂娜的視線環顧四周，提醒獨角獸小姐姐可別大辣辣地昭告天下。

隨著派對的時間越來越近，周圍的人潮也漸漸增多了，大多是從附近走來的鄰居，不過到目前為止仍未看到相馬辰己。

「喔喔，也、也對。是說官方怎麼會送這種東西給妳啊……我知道了！肯定是系統分析了妳的數據資料後，判定妳最喜歡這種禮物吧？」

獨角獸小姐姐一臉揶揄，手肘故意撞了撞法蒂娜。

「矮額，我都不知道原來我們的冰焰雄獅是這麼……」

「少囉唆，妳想讓唯一的角被我扳斷嗎？直接變成斷角獸？」

「明明沒有真的長角，可是從妳口中說出來就是好可怕……」

獨角獸小姐姐倒抽一口氣，露出驚駭的表情。

「啊，對了，說到賀禮……雖然趴踢還沒正式開始，但我想說就先把禮物給妳好了。」

她從隨身的包包裡拿出一盒包裝精美的小禮物，遞到了法蒂娜的手中。

「我說真的，不用特別送禮，反正這遊戲我不會玩長久。」

「別這麼說嘛，就當作我的一點心意就好……咦咦，妳、妳要當場直接拆開啊？」

話才說到一半，獨角獸小姐姐就看到法蒂娜已經在不客氣地拆禮物了。

「項鍊？這看起來要花妳不少夢幻幣吧？」

法蒂娜看了一眼手中的金色項鍊，印象中曾在遊戲裡的商城瞄過一眼，即便是遊戲裡的幣值，換算成現實金額也是不少錢。

「沒關係啦，我覺得這條項鍊挺適合妳冰焰雄獅的霸氣。」

獨角獸小姐姐搖搖頭，笑著回應。

「霸氣？妳是不是搞錯了什麼？冰焰雄獅明明就是可愛的名字。」

「等等，我覺得妳才是搞錯的人吧……」獨角獸小姐姐一愣。

「我說妳，那個包也不便宜吧？我沒記錯的話是某名牌的聯名款。又是這條項鍊又是名牌包，妳最近是變暴發戶嗎？」

眼尖如法蒂娜，很快就注意到對方身上的肩背包也是昂貴的品牌，有點懷疑地皺起了眉頭。

「唔，不是啦，不是那樣……總之妳就好好收下禮物，我看趴踢也快開始了吧？」

獨角獸小姐姐開始顧左右而言他，目光游移閃爍。法蒂娜當然看得出她的心虛，總覺得有點什麼，便繼續追問：「說，妳在短時間內是哪來這麼多的錢？」

「欸，這個沒什麼好問的啦，冰焰雄獅妳就別管這麼多了好嗎？」

「妳傻嗎？越是這樣說，越會激起我的好奇心啊。快說，別逃避我的問題。」

法蒂娜板起臉，不留餘地催問。

「我……啊！相馬辰己來了！」獨角獸小姐姐忽然拉長了脖子，指著前方驚呼。

「什麼？」

法蒂娜轉身一看，原以為對方在騙自己，沒想到還真見到了相馬辰己的身影。

同時法蒂娜也意識到這很可能是調虎離山之計，她再轉身一看，獨角獸小姐姐早已不見蹤影。

「溜得還真快……」

法蒂娜咋舌，只好將注意力放回好不容易現身的相馬辰己身上。有些出乎法蒂娜的意料，相馬辰己很快就和自己對上目光，正朝她的方向走過來。

「恭喜新居落成，福斯特伯爵。」

他穿著一套比平時更醒目的全白筆挺西裝，踩著擦亮的黑色尖頭皮鞋，一如既往是梳得整整齊齊、一絲不苟的油頭，隱約的高級古龍水香味相當襲人。那對彷彿深不見底的黑眼珠注視著法蒂娜，每次被他這麼一盯，她都會有種這傢伙隨時都在揣測自己來意的感覺。

不是個省油的燈啊。

「謝謝，真的很難得可以見上相馬男爵一面啊。」法蒂娜微微一笑。

麗琪似乎已經開始進行派對活動，四周傳來各種喧譁聲，越來越多的人群聚集過來。

不過，法蒂娜一點也不在意作為主持人的麗琪說了什麼，更不在乎那些來參加慶祝派對的陌生面孔，她此刻只在意眼前的這個男人——終於讓她逮到機會接觸的相馬辰己。

「可別這麼說，這樣會讓我覺得自己招待不周，真是太不好意思了。啊，若是福斯特伯爵認為待在日和國的期間有任何需要，請務必跟我的助理反應，他一定會立刻完成妳的指令。」

「這倒不用，我在日和國裡欠缺與需要的，向來不是那些。」

法蒂娜向前一步，將身子往前傾，湊到對方耳邊細聲說：「我想要的……是你啊，相馬辰己。」

話音落下，法蒂娜就抽回身子，面帶誘惑的嫣然笑容。

「唉呀呀……這種話，福斯特伯爵是不是已經對很多異性說過了呢？」

相馬辰己的臉上一樣掛著笑容，語氣卻明顯充滿試探意味。

「相馬男爵就這麼相信我的那些傳聞？」

「畢竟是沸沸揚揚的傳聞，多少有些可信度，妳說是不是呢，福斯特伯爵？」

「那麼，相馬男爵會想親自驗證一下嗎？」

「這種事情，作為一名紳士，怎麼能如此爽快地答應。福斯特伯爵，我今天僅僅是來替妳慶祝新居落成的。」

「哦？是因為作為我的鄰居？還是以『閃夢』的總監身分盡責而來呢？」

法蒂娜知道普通的引誘方式對相馬辰己無效，便又換了一個話題。

「這個嘛，如果我說是作為鄰居而來，恐怕福斯特伯爵不會相信吧。」

「確實，相馬男爵這麼一個大忙人，會特別抽空前來，應該是為了履行這款遊戲的規則吧。畢竟，你可是身為『閃夢』的總監，要是連總監都沒有身體力行，要其他玩家怎麼願意跟著服從這條規定呢？」

「福斯特伯爵真是犀利呢，實在令我有點汗顏。」

相馬辰己從口袋裡掏出手帕，刻意地擺出擦汗的動作。

「不管怎樣，既然都來了，不會是只打個招呼就走吧？難得我新居落成，在『閃夢』的世界裡也就這麼一次機會，不帶相馬男爵參觀一下再走怎麼行？」

「既然福斯特伯爵都這麼說了，拒絕可就太失禮了。那麼便勞煩妳了。」相馬辰己向法蒂娜點了點頭。

終於等到這個機會——她暗暗地嘴角上揚了一下，「不勞煩，倒是終於有機會可以跟相馬男爵好好交流，互相了解一下了。」

法蒂娜對著相馬辰己嫣然一笑，言行之間都充滿了挑逗暗示。然而對方毫無任何表示，僅僅是掛著笑容，在她的帶領之下走進新落成的豪宅。

大門關上後，極佳的隔音效果便將大部分的喧嘩紛擾隔絕在外，立即享受到專屬於她和相馬辰己的寧靜，如此氛圍對她來說大大有利。

在這種相較安靜的環境，她比較能發揮美人計，從相馬辰己身上套出更多情報。

「福斯特伯爵大人的新家裝潢還真是……意外的樸素呢。」

相馬辰己環看四周，放眼所見之處，除了一張沙發及桌子外，別無他物。以做為門面客廳來說，實在是太過單調，與豪宅的外觀有著強烈反差。

「意外嗎？不過，誰說豪宅就一定得裝潢得富麗堂皇？相馬男爵是這樣看待我的嗎？覺得我是那種浮誇虛華的女人？」

「不，我沒有這個意思，請福斯特伯爵別誤會。我只是沒想到，在『閃夢』的世界裡，還有像福斯特伯爵大人一樣追求樸實無華生活的人。」

相馬辰己微微欠身，「實在是福斯特伯爵大人的儀態太過美麗高貴，我才會有那樣先入為主的想法。若冒昧得罪，還請福斯特伯爵恕罪見諒。」

「喔？我才想不到，原來相馬男爵是會說這種甜言蜜語的男人，實在是出乎我的意料呢。」法蒂娜挑起一邊眉頭，有些壞心地笑著說。

「請福斯特伯爵大人別取笑我了，實在太不好意思了。」

「呵，既然如此，若是想取得我的原諒，那就陪我喝一杯吧？」

法蒂娜邊說邊走向玄關，拿起她剛剛順手放在這裡的「特製美酒」，笑盈盈地看著相馬辰己。與其說是邀請對方，那副口吻及行為都更像是命令。

「唉，雖然我不勝酒力……但福斯特伯爵大人都這麼說了，我相馬辰己就奉陪一下吧。喝了酒後若有失態，還請福斯特伯爵大人再寬宏大量一次了。」

「嗯，我是滿想看看正經的相馬男爵失態的一面……感覺會很有趣呢。」

法蒂娜再次挑起一抹誘惑的豔麗笑容，拿著酒款款走向相馬辰己。

「來，作為主人，就由我來替相馬男爵斟酒吧。」

話音一落，她打開了酒瓶瓶蓋，拿出兩支剔透的高腳杯，各自倒滿後，將其中一杯遞給了對方。

「這酒聞起來真香呢。福斯特伯爵大人也喜歡品酒嗎？」相馬辰己接過酒杯，看著杯中微微搖晃的暗紅液體問道。

「作為一名貴族，喝酒交際是必備的技能，只要是好酒，通常我不會拒絕。在這樣的前提下，相馬男爵認為我的答案會是什麼呢？」同樣輕輕搖晃著酒杯，法蒂娜反問道。

「這個嘛，通常會這麼說的，都是喜歡酒的人了。」

「如果相馬男爵這麼認為，那我也不排斥就是了。喝吧，別客氣，我這邊還有整整一瓶，只有我們兩人品嘗可是綽綽有餘呢。」

法蒂娜微微一笑，低頭淺嚐……然而實際上，法蒂娜並沒有真的喝下，僅僅是做做樣子。

「那我就恭敬不如從命了。」眼看法蒂娜都喝了酒，相馬辰己隨後跟上。見他啜飲一口後，法蒂娜一手托著臉頰，似乎頗為滿意地笑著問：「相馬男爵覺得這瓶酒如何呢？」

「這個嘛……呵起來不會太辣口，還算溫順的口感……」

「喔？除此之外呢？」

「除此之外……好像有些灼熱的感覺……不過，飲酒本來就是如此。倒是福斯特伯爵大人，妳問這麼多是想了解什麼呢？該不會，是擔心這不合我的胃口？」

「相馬男爵真是的，怎麼這麼直接就說出我的心聲。是呀，我就怕你會看不上我的酒，畢竟你可是大生意人，一定也受過不少名門望族或富有人家的款待吧。」

「怎麼會……福斯特伯爵大人太謙虛了。」

「呵，其實除此之外，我請你喝這酒還算是別有居心吧。」

「怎麼說……！」

相馬辰已的話還沒說完，就見法蒂娜突然起身湊近，下一個動作更是大膽地跨坐在他的大腿上。

「這樣，相馬男爵應該就知道我安的是什麼心了吧？聰明如你，倘若不知道，肯定就是在裝傻了。」

法蒂娜高舉酒杯，話音落下後，還刻意地他的臉吹了一口熱氣。

「這……福斯特伯爵大人真是不得了啊……這麼大膽的誘惑，我若是現在還看不出來，就實在太對不住妳了。」相馬辰已略頓了頓，「再說，福斯特伯爵大人，妳沒真的喝酒吧？從妳方才吹出的那口氣就聞得出來，我說得對嗎？」

懷中坐著法蒂娜的當事者，目前還算是冷靜地面對她的攻勢，只有最初一瞬間流露出驚訝的情緒。

「我有沒有真的喝酒，對相馬男爵來說有那麼重要嗎？」

法蒂娜問完後，再度刻意地吹一口氣，這次是在更近的距離之下。她一手輕輕壓在相馬辰已的胸膛上，另一手則依然高舉酒杯，一點也不擔心對方發現這個祕密。

「重要的是……相馬男爵你已經喝下了那口酒哦。」

法蒂娜湊到他的耳邊，用充滿誘惑的性感嗓音低聲耳語。

「這瓶酒……福斯特伯爵大人動了什麼手腳嗎？」

「真是冤枉，不是我動的手腳啊，相馬男爵。」法蒂娜緩緩拉開距離，嫣然笑彎的雙眼注視著身前之人，「相馬男爵，有覺得身體哪裡不對勁了嗎？」

「唔……」

「好比如，不止喉嚨發熱，就連身子也開始發熱……？」

看著面前的相馬辰己，法蒂娜顯然是明知故問，因為她即便只有觸碰到對方的胸膛，也能感受到明顯升高的體溫。

「福斯特伯爵大人……果真如傳聞一樣……這麼會讓男人暈船掉入陷阱呢……」

相馬辰己的兩頰漸漸染上紅暈，說話同時忍不住微微地喘氣，眼神也漸漸不再那麼明亮。

「傳聞啊，很多時候都是真實的反射，只是你可別怪我啊，相馬男爵。若不是你實在太難接近，我也不用特別對你這麼做。」

伸出食指挑起相馬辰己的下巴，看著他那張平時斯文精明、如今意亂情迷的臉，法蒂娜又說：「我是真的很想看看，相馬男爵這張精明能幹的英俊臉孔，在媚藥發作之下會變成什麼樣子……以及，性情方面是不是也會有所轉變。」

「福斯特伯爵……不，法蒂娜，妳就這麼想試探我的底線嗎？」

法蒂娜的話才說完，相馬辰己立刻轉換口氣，變得稍稍強勢起來。

「哦？不錯的反應……」

看到他的變化，法蒂娜的嘴角微微勾起，像是十分滿意這瓶酒帶來的催情效果。

「還覺得自己能夠全身而退嗎？就不怕我對妳怎麼樣，法蒂娜？」

相馬辰己的手指纏繞起法蒂娜垂至胸前的一縷白髮，笑容裡帶著一絲曖昧。

「你覺得我會怕嗎？我說相馬辰己，你不是應該很精明，怎麼會傻到問我這種問題？」

法蒂娜雙手搭上相馬辰己的肩膀，若有似無地輕碰著對方的後頸，用指甲尖端輕輕刮著，低聲道：「你覺得，不如直接在我的新家，來一場激烈的翻雲覆雨作為慶祝如何？」

「法蒂娜啊法蒂娜……妳可真是一個可怕的女人呢。如此大膽，如此誘惑妖媚……」

耳邊聽著法蒂娜刻意壓低、挑逗的性感呢喃，他此刻回應的喉音也同樣變得低沉。

正當法蒂娜以為自己得手了，相馬辰己卻一鼓作氣地起身，毫無預警地將法蒂娜反推倒在大理石鋪成的地面上！

「妳以為，我會毫不知情嗎？」

雙頰泛紅，眼神也沒有平時明亮，與其說是混濁，此刻他的雙眼更如狼虎般透露出凶狠的銳利。

「哦？」法蒂娜只是眉頭一挑，看似一派輕鬆地回應。

「深夜時分，是誰攔著我的會計？」

相馬辰己扣住法蒂娜的雙手，單膝強硬地分開她的腿，用身體重量將她壓制在地上。從力道來看，法蒂娜認為他對自己沒有一絲憐香惜玉的想法。

不過——這樣也好。

對法蒂娜來說，越是正面對決，對她的情況就越有利。

反正比起不斷迂迴套話，她還比較喜歡直球對決。何況是由對方開的頭，她就趁勢進擊一波。

「你知道了啊？呵，反正我也沒真的認為你會不知情。要是真的什麼都不知道，你這個大老闆也太不及格了。」

法蒂娜嘴角揚起，冷笑一聲。

「瞧妳一副什麼都不怕的模樣，法蒂娜，妳真是膽量夠大……很好，我喜歡。」

相馬辰己反倒笑了，隨後強硬地抬起她的下巴。

「聰明如妳，就沒有半點話想問我嗎？如果是現在，我或許會回答妳的問題？」

「既然你都這麼說了，我怎麼能錯過這個機會。相馬辰己，我就直說了吧——你是不是讓你家會計作假帳？掏空公司中飽私囊？」

法蒂娜沒有什麼好怕的，順應對方的話脫口就問。

聽到問題的當下，他似乎有那麼一瞬間屏住呼吸，隨後搖搖頭笑了。

「真的很犀利，真不愧是法蒂娜，問得可真直接不留情。」

「彼此彼此，你相馬辰己此刻壓著我的力道，也是沒在留情的。」

「那麼，我都說了可能會回答妳的問題，現在就告訴妳也無訪。」

相馬辰己低下頭來，湊到法蒂娜的左耳畔低聲說：「妳只猜對一半，我是做假帳——但絕不是為了中飽私囊。」

說完，還刻意地咬了一口法蒂娜的耳垂，一股刺激的電流從頭頂竄到她的下腹。

「那你是為了什麼？我有榮幸聽一聽嗎？」

法蒂娜強忍下方才那股顫動的感覺，維持著冷面反問。

說實在的，她有點意外。原以為對方會再閃爍其詞或者用其他謊言帶過，沒想到竟然如此坦白，這讓法蒂娜更覺得事有蹊蹺。

「為了什麼……為了什麼？當然是為了我最摯愛的『閃亮夢幻會』啊。哈，別露出一副不信的表情嘛，我看了真是難過。我啊……是真心愛著這款由我親手設計出來的孩子呢。」

說著說著，相馬辰己的眼簾低垂，好像有那麼一絲微微的苦澀……不知道是不是法蒂娜的錯覺，也許是看走眼了吧。

又或者，相馬辰己的演技實在了得。

「不過既然妳都知道了，我公司的財務有那麼一點點……問題。加上現在的局面可是妳自找的……我還以為得煞費苦心，才可能讓妳自己送上門來……」

法蒂娜有些不太明白對方在說什麼，但很快的，相馬辰己就說出了意想不到的要求：「要不要成為我們相馬家的夫人呢，法蒂娜？」

法蒂娜一臉錯愕，這還真是遠遠超乎她的意料之外！

原以為這傢伙會說點什麼，或者威脅她之類，沒想到一開口竟是……變相的求婚？

這算什麼超展開啊！這傢伙是在開玩笑嗎！

「哈哈，妳應該以為我只是在開玩笑吧？」

「你難道不是在開玩笑嗎！」

「突然對妳這樣說，確實換作是任何人都會覺得我在開玩笑……但是，那不是玩笑話。」

相馬辰己再次抬高法蒂娜的下巴，幾乎讓彼此的雙唇相觸。

「我，相馬辰己是認真的……福斯特伯爵大人。」

他壓低嗓音，眼神裡充滿了鎖定獵物的熾烈之火……法蒂娜當下忍不住吞了一口唾沫。

「相馬辰己，你……」

「現在這個局面，要不就順水推舟一下吧？直接……就在這裡結合，不僅作為慶祝妳的新居落成……也是我們聯姻的第一步，妳不覺得很美好嗎？」

彷彿隨時都會吻下來，面對這突如其來的局面，法蒂娜一時難以招架，腦海裡還在努力思索究竟要如何是好……眼尾餘光卻瞥見相馬辰己的另一手，正試圖解開她衣服上的紐扣。

「法蒂娜大人——」

隨著這一句熟悉的叫喚，外加劇烈的「碰！」一聲，一道身影直接闖入客廳。

這名對相馬辰己來說就是個不速之客的男子，臉上掛著隱約透著凜冽殺氣的笑容，快步來到兩人面前，隨即彎下腰、看似恭敬地對著相馬辰己開口：「相馬男爵，不好意思百忙之中打擾了，但我是來接走我家的法蒂娜大人的。」

「黑格爾……？你怎麼會……」

再一次出乎意料之外，法蒂娜有些愣愣地看著面前的自家隨從，眨了眨眼。

「法蒂娜大人，您忘了嗎？今天下午還有一場活動要出席，加上您也快到遊戲結束的時間了。」黑格爾依然欠著身，畢恭畢敬地答覆。

「喔……好像是有那麼一回事。」

聽到黑格爾這麼說，法蒂娜腦海裡跳出的第一個念頭是——壓根就沒有下午的活動要出席，這一切都只是他替她找的脫身藉口。

當然，法蒂娜怎可能浪費這份心意，她雖然略有遲疑，卻也配合著沒有反駁。

「哎呀，我怎麼沒聽說福斯特伯爵大人下午另有活動呢？我記得我的助理可沒告知過我呢。」

縱使黑格爾就出現在自己身旁，明顯要把人要回去，相馬辰己依然沒有要放走法蒂娜的跡象。

「相馬男爵，太過計較女人的祕密及窮追猛打，可不是一件好事呢。若是，你希望方才提出的事情還有一點機會的話。」

法蒂娜轉頭看向壓在自己上方的相馬辰己，雖然知道對方還不想放自己走，她仍然不慌不忙。

「是嗎，福斯特伯爵大人原來是有在認真考慮的啊……好吧，我就當作是這樣。」

相馬辰己微微一笑，終於鬆開了手，起身離開法蒂娜。

「法蒂娜大人，您沒事吧？」

儘管不清楚法蒂娜和相馬辰己方才那段話是什麼意思，但見到法蒂娜終於可以起身，黑格爾立刻上前攙扶緩緩坐起來的主人，溫柔地低聲在她耳邊關切。

「你覺得我看起來像有事嗎？」

法蒂娜只是以稀鬆平常的口吻反問，隨後站起身，雙手整理了理頭髮。

「那麼，相馬男爵，今天新居落成的招待不周還請見諒，如你所見，我下午還有事，這就先登出『閃夢』了。」

法蒂娜順了順衣服上的皺褶，冷冷地對著相馬辰己淺笑。

「沒事，我只希望福斯特伯爵大人能夠『好好』地考慮我說的事……那麼我們現實世界裡再見了。」

話音一落，相馬辰己便帶著一抹從容的笑，先行邁步離開，背影逐漸消失在法蒂娜主從的眼中。

一見到對方離開，黑格爾馬上問自家主人：「法蒂娜大人，相馬辰己所說要您考慮的事情，究竟為何？」

「那傢伙，要我嫁給他。」

「什、什麼？法蒂娜大人您沒答應吧——」

「你當我是什麼？路邊隨便喊價帶走的大白菜嗎？我是那種人家說要我嫁我就嫁的人嗎？」

法蒂娜轉過身，馬上不留情地朝黑格爾的額頭彈了一下，聲音清脆響亮。

「好疼……是，是我錯了，還請法蒂娜大人見諒。想想也是，倘若這麼容易，我早就跟您求婚一百零一次了吧。」黑格爾一手摸著被彈到紅腫起來的額頭。

「你又在胡說八道些什麼？倒是你，沒事又給我出現在『閃夢』裡做什麼？」

法蒂娜沒好氣地翻了一個白眼。

「當然是擔心法蒂娜大人您的安危了。我很了解您，您就是一副要色誘相馬辰己的模樣。」黑格爾頓了頓，「我擔心您把人帶進門，若一個不小心就被相馬辰己給……」

「你以為我會那麼笨嗎？還是你覺得我毫無反擊之力？」

看著黑格爾握緊了拳頭，法蒂娜知道他是真的擔心，其實她也很了解這個男人……這麼多年了，打從她立志要復仇的那一刻起，她就知道對方註定會常常擔憂自己。

「法蒂娜大人，我是……」

「黑格爾，抬起頭來，看著我。」

法蒂娜突然沉聲命令，看著他緩緩抬起頭來，雙眼再次和自己對上。她一把握住對方的手，板著一張絕對說不上是溫柔的表情，雙唇輕啟：「要對我有多一點信心，黑格爾。你不就是喜歡強大不可一世的我嗎？」

「法蒂娜大人……」

沒想到法蒂娜會突然對自己這麼說，黑格爾愣了一下。

「所以，就要更相信我才對，因為我法蒂娜就算不擇手段，也還留著底線。我會保護好自己，不會讓那些渣男真的傷害到我，懂嗎？」

從握緊自己的手中感受到來自法蒂娜的堅定，他終於放鬆下來，露出了平時的微笑。

「我明白了，法蒂娜大人。那麼，可容我無禮再多說一句嗎？」

「嗯，我允許你，說吧。」

不知道黑格爾要對自己說什麼，基於好奇，法蒂娜很快就應允了。

「法蒂娜大人，請您隨時都銘記在心——」

腳步輕盈地往前一步——

毫無預警地，黑格爾迅速在法蒂娜的唇上掠過一吻。

「您的貞潔，只能是我的，只有我能夠染汙您藏在玫瑰刺下的嬌嫩花蕊。」

「黑格爾……」

被突襲一吻，就算是她也會有措手不及的時候。但回過神後，法蒂娜立刻出拳揍向黑格爾。

「你真的很無禮、又下流，我決定要扣你這個月的薪水作為懲罰！」

「哎……您下手真的不輕啊……但是我接受，誰叫您的吻是那麼珍貴呢。」

皺著眉頭，黑格爾苦笑著抱住被揍的肚子。

「夠了，我現在要登出遊戲，即刻、馬上！」

法蒂娜轉過身去，氣呼呼地雙手抱胸。

「哎呀呀……法蒂娜大人生氣嬌羞的模樣，我也會烙印在腦海裡，直到我死去、腦漿散盡的那天，都會清清楚楚地記住喔……」

「黑格爾，我說過多少次了，有病就要吃藥啊！」

The Villain Earl's
Discipline Diary

第六章

「法蒂娜大人，這麼晚了，您還在看書？」

黑格爾端來一杯剛煮好的熱咖啡，從後方走向法蒂娜，關心地問道。

「不是書，是日記，姐姐的日記。」

法蒂娜沒有抬眼，左手自然地拿起咖啡杯，目光依舊鎖在日記內文上。

「怎麼突然這麼認真地又看起法芙娜大人的日記了？」黑格爾有些意外地再提問。

「自從相馬辰己說想要我嫁給他之後，我就一直覺得哪裡怪怪的。總覺得，應該能在姐姐的日記裡找到線索。」法蒂娜持續翻頁。

「原來如此，那麼法蒂娜大人，記得先把咖啡喝了才有精神再戰。不過，也不能太晚睡，這樣對身體不好。」

「你是我媽嗎？啊，就是這裡，我就知道我的直覺沒有錯。」

先是吐槽貼心叮嚀自己的黑格爾，隨後法蒂娜似乎在日記裡找到了線索。

「找到答案了？」

黑格爾湊上前去，想看清楚她現在翻到的那一頁內文。

「就是這裡，你看，這裡姐姐寫著，『相馬家希望與我聯姻，之前時夜說過，除了他以外，其實家族本來另有一個人選。但是老實說，除了時夜之外的其他人，我一點意願也沒有』……這邊講的另一人，我在懷疑，會不會就是相馬辰己。」

法蒂娜指著其中一段文字，抬起頭來認真地說。

「嗯……聽起來滿有可能的，但是，就算另一個人選是相馬辰己的話又如何？法芙娜大人也不在了，當年相馬家族派出來的人選也不是他。這有什麼地方讓您在意的嗎？」

黑格爾看著法蒂娜所指的文字，卻不認為哪裡有問題。

「所以我才說男人都是直腸子，不，應該說你不像相馬辰己，不是個頭腦精明的生意人。」法蒂娜闔上日記，轉過來冷冷嘲諷。

「法蒂娜大人，您明知道，我這個直腸子死腦筋的，滿腦子裝的就只有您而已啊。」

「夠了哦，你一天不對我講這種話會起蕁麻疹嗎？最近你病發的頻率越來越高了，給我節制點。」

法蒂娜沒好氣地白了黑格爾一眼，接著站起身，「果然，還是得把那傢伙叫出來問一下。雖然他忙得很，不一定有空……但管他的，誰叫他也姓相馬。」

「法蒂娜大人的意思是，要找相馬時夜一談？但您沒忘了吧，我們現在可是在日和國哦？不是在蘭提斯大陸上，相馬時夜先生應該沒辦法抽空過來才是。」

「說什麼呢，那傢伙如果不過來，我就去找他。」

「法蒂娜大人，也請您別忘了，我們在參訪時期是無法隨意離開日和國的哦？再者，就算真的成功離境，搞不好也會被相馬辰己察覺吧？」

「誰說我要離開日和國去找那傢伙了？」

法蒂娜的嘴角一揚，露出充滿自信的笑。

「我們，不是還有隨時都可以登入的『閃亮夢幻會』嗎？」

「系統確認，『冰焰雄獅』登錄『閃亮夢幻會』——」

「系統確認，『國際刑警』登錄『閃亮夢幻會』——」

系統語音陸續傳來玩家上線的通知，兩道身影瞬間出現在遊戲的場景之中。

「認真？你把現實職業拿來當玩家名稱？」

法蒂娜皺起眉頭，一臉懷疑地看向面前的男人。

「認真？妳把自己的暱稱取成冰焰雄獅？這可是少女夢幻風格的遊戲吧？」

「相馬時夜，你是不是以為我不會揍你就敢這麼說？冰焰雄獅很可愛很少女很夢幻好嗎！」法蒂娜握緊雙拳，相當激動地反駁。

「我實在不太能理解……不，應該是一般人都無法理解妳的審美觀吧。」

相馬時夜聳了聳肩膀，苦笑著搖頭。

「什麼話啊，相馬時夜，你當條子當到連審美觀都壞掉了嗎？」

「法蒂娜，我也不是第一天認識妳了，妳小時候……認真來說，妳先天的審美觀就已經壞了。還有，既然在遊戲裡，還是叫我『國際刑警』吧，『冰焰雄獅』。」

「叫你這種怪名，我不如切掉舌頭……」法蒂娜的視線往右，低聲喃喃自語。

「嗯？妳剛剛好像說了什麼很可怕的話，對嗎？」

相馬時夜端出燦爛迷人又優雅的笑容，看向法蒂娜。

「小刑，對，就叫你這個名字好了。」

「小刑……原來不想叫我的玩家名稱到這種地步啊……那麼，公平起見，我也叫妳小冰了？」

「不准，就給我叫『冰焰雄獅』。」

法蒂娜立刻秒打臉拒絕。

「等等，為何妳就可以叫我小刑，我就不能稱呼妳為小冰呢？」

「因爲『冰焰雄獅』這名字非常可愛夢幻。」

法蒂娜回答的態度斬釘截鐵。

「我們要在這裡談嗎？還是找個地方坐下來好好聊一聊？妳不是有問題想問我嗎？我能上線的時間不多，快進行吧。」

停頓幾秒後，相馬時夜話鋒一轉，一邊挑了挑眉頭。

「哼，到我家吧，反正你在這遊戲裡也是個無殼蝸牛。」

相識多年，法蒂娜了解相馬時夜的性格。當然，令一方面也確實是因為兩人能見面的時間不多，她直接提出邀約。

「那就有勞妳帶路了。」相馬時夜對著法蒂娜微微一笑。

事實上，這是他第一次登入「閃亮夢幻會」，是專門為了和遠在日和國的法蒂娜碰面才登入遊戲。

一般來說，在虛擬遊戲中比較容易躲避現實世界的追查。作為一名國際刑警，相馬時夜自是接手過許多透過虛擬遊戲犯罪的案件，當然就明白法蒂娜之所以邀他進入遊戲，除了距離問題，也是為了掩人耳目。

就算法蒂娜不曾明說，他也隱約察覺到了……本次私下會晤的目的為何。

跟著法蒂娜來到她在「閃亮夢幻會」裡剛建好的新家，相馬時夜對於建築的外觀並沒有太在意。華麗霸氣的建築他看過不少，尤其是那些他經手的罪犯住宅，一座比一座還要浮誇。

相較之下，法蒂娜在遊戲裡的房子已經算樸素了。不過進屋後見到的光景，讓相馬時夜不禁莞爾一笑。

「笑什麼？」

一聽到相馬時夜的笑聲，法蒂娜立刻轉過頭來皺眉質問。

「妳果然還是老樣子，跟以前一樣。」

「哪裡一樣？沒看到我現在頭髮變白了，身材火辣，胸前豐滿嗎？你眼睛瞎了啊？」法蒂娜不服地駁斥。

「我說的不是外表，而是妳的內在，法蒂娜，妳還是沒有變太多。」

「怎麼個沒變法？」

法蒂娜沒好氣地雙手抱胸，挑眉看著相馬時夜。

「妳喜歡的擺設，還是跟以前一樣走極簡主義呢。」

相馬時夜指著幾乎毫無裝潢，僅擺著一兩樣家具的客廳，「妳以前就常說家裡不用擺太多沒必要的東西，只要能吃跟睡就夠了。還常常念我或法芙娜，說我們都過得太奢侈……」

「那是因為你們真的太鋪張了啦。人幹嘛過得那麼浪費？反正就只是一具臭皮囊。」法蒂娜愣了一下，隨後鼓起兩頰嘀咕。

「嗯，從這點來看，法蒂娜真的沒有變，跟以前一樣是個乖孩子呢。」

相馬時夜走上前，十分自然地伸出手，輕輕地摸了摸法蒂娜的頭。

「唔，什麼乖孩子，別把我說得那麼幼稚，快給我放手啦。」

雖然被摸得瞇起雙眼，但她絕對不會承認，自己其實很喜歡被相馬時夜摸頭的感覺……特別舒服，特別溫柔，還有一種被寵溺的滋味。

這對法蒂娜來說既複雜又矛盾，自從決心要替姐姐復仇後，這種舒適安逸及被愛的感覺，對她來說，是如毒品一樣不能觸碰的。

她怕自己會陷入其中，想念這一切美好的事物，就會忘了或者動搖替姐姐報仇的決心。

她更怕就跟真正的毒品一樣，自己會上癮又戒斷困難，特別是……來自相馬時夜給她的溫暖。

比起任何人，相馬時夜本身的存在不僅像過去的殘影，更像她的軟肋。每每見到這個男人時，就會輕易鬆懈下來……

這也是法蒂娜不願意太常和相馬時夜碰面的原因。

不能再讓自己沉迷下去，為了大計，法蒂娜狠下心來揮開對方的手。

「夠了哦，相馬時夜，我是來問你正經事的，不是來跟你敘舊。」她刻意用高傲強硬的口吻這麼說。

「也是……但一個忍不住就……抱歉，這也是以前的壞習慣，一時間都忘了，妳雖然本質上沒變，但確實也是個大人了。」

「別扯遠了，以前的事就別再提。我們經歷了姐姐的事情後，就再也不可能是無知純真的孩子了。這點，你應該也很清楚。」

法蒂娜的臉色一沉，語氣同樣沉重。

「啊，再也回不去的美好時光，逼迫著我們成長……但是，至少我很高興，我們都在為了法芙娜而努力。」

相馬時夜挑了客廳中唯二的椅子，自行先坐了下去。他雙手一張，放鬆地靠在兩側的扶手上。

「說吧，妳找我來，不就是想要問我相馬辰己的事情？」

「直接切入正題，我喜歡這份爽快。沒錯，我就是要問你那傢伙的事情，你們同為相馬家族的人，有聽過他的風評嗎？」

法蒂娜也跟著坐到對面的沙發上，翹起一腳，膝蓋交疊，讓腿部曲線更完美地展露。

「妳怎麼會有我與他同屬一個家族，就會很了解對方為人的認知呢？坦白說，我對相馬辰己這個人並不算了解，只是偶爾會聽到別人提起他的名字而已。認真說，相馬辰己在我們家族內算是非常上進，有傳聞說他是情婦所生，能夠爬到繼承男爵之位的地位，據說是花了不少工夫。」

「情婦所生？前面說了一大堆，你這傢伙還不是聽過人家的八卦嘛。」

法蒂娜聳了聳肩膀，賊笑地看著相馬時夜。

「若是法蒂娜妳不想聽的話，我可以現在就登出遊戲——」

「別別別，別這麼大火氣嘛，刑警大人。」

看到相馬時夜端出一臉燦笑脅迫，法蒂娜趕緊換上賠笑。

「原來妳也是會奉承的啊，法蒂娜。不過，對我就免了。」

「嗯，相馬時夜，你一定是那種在拷問嫌犯時扮演黑臉的那個。」

「該說我很欣慰妳這麼了解我嗎？還是妳只想繼續閒聊？那我就一樣不奉陪了，我手上的案子可是堆積如山……」

「沒有要閒聊的意思，我就再問你一個問題好了，我也知道我們刑警大人非常忙碌。」

「妳想問什麼呢？」相馬時夜的眉頭一挑。

「我問你，當初你並不是唯一的人選——我是指，你不是相馬家推派出來和我姐姐聯姻的唯一人選，這句話對嗎？」

法蒂娜壓低嗓音，態度瞬間嚴肅起來。

「妳這是從哪知道的？」似乎是有些意外，他沉默了幾秒才開口反問。

「姐姐的日記。所以你承認囉？這句話沒有錯對吧？」

法蒂娜的眼神銳利，眨也不眨地盯著相馬時夜。

「甚至，我可以再進一步問你，當初的另一個人選，是否就是相馬辰己？」

「好吧……既然都是過去的事情，現在告訴妳也無妨。」相馬時夜深吸一口氣，「沒錯，當年的另一個人選就是相馬辰己。」

「果然，與姐姐的日記沒有出入。那麼，為何最後是你出線？是不是發生過什麼事？」

法蒂娜一彈指，確定答案後又開啟下一個問題。

「這說來話長……前面我不是提到了關於相馬辰己的傳聞？」

「你是指，相馬辰己的出身？」

「嗯，那個傳聞確實影響了他。」相馬時夜點了點頭，肯定地說。

「所以這麼說來，那個不是傳聞，而是真的了？相馬辰己原來真是情婦所生啊？」

在貴族與有錢人中，有情婦是很常聽聞的事情。私生子什麼的，更是時不時就會跳出來的傳聞。

老實說，相馬辰己的出身對法蒂娜來說一點也不意外，倒是有點可以理解那個人了。

「究竟是不是，這個只有相馬辰己與他的父親才知道。但是，妳也明白，這種傳聞在大家族中就是一種致命傷，尤其是作為聯姻人選的時候。」

相馬時夜的語氣裡帶著一絲無奈，這就是身為貴族子弟都須面臨的命運。

「好在你現在拋棄了相馬家族的身分，算是自由了吧。不過話說回來，相馬辰己當初和你競爭的時候，表現得怎樣？」

「其實，當初我根本無心競爭……不過後來打從心底感謝家族選了我。要不是如此，我永遠都不會認識妳和法芙娜。」

當相馬時夜這麼說時，無論眼神或表情都軟化下來。一對充滿知性、夾帶歲月滄桑的雙眸，直直地注視著法蒂娜。

「無心插柳柳成蔭吧……」

面對那道過於溫柔的眼神，法蒂娜有些不自在。只有相馬時夜，唯獨在這男人注視著自己時，她才會感到不自在。好像哪裡不對勁，心癢又糾結，只好做出了逃避的動作——別過目光不與對方視線相接。

「這麼說來，相馬辰己當初還真有做出什麼想要跟你一較高下的行為？」

覺得不應該再讓奇妙曖昧的氛圍持續下去，畢竟眼前這男人可曾經是姐姐的未婚夫……法蒂娜一直努力抓緊這條底線，總覺得不能對不起姐姐。

再加上，決心復仇的自己，根本不應該再去涉入感情的世界。

而且，不知為何，除了姐姐的原因以外……她的腦海裡還會跳出另一人的身影。

那道略微瘦削，病態，對自己無比執著狂熱的男人。

想到那人，法蒂娜的胸口有那麼一瞬間感到緊縮，只是很快又把注意力移回眼下的正事上。

「當初，我們相馬家族想和你們福斯特家族聯姻，適當年紀的人選在經過初次篩選後，就是我和同齡的相馬辰己。原本論身家、長相、能力，我們都不分軒輊。坦白說，相馬辰己比我更有上進心跟企圖心，在某種層面上，他比我更適合作為政治聯姻的主角。」

相馬時夜的視線落在了遠方。

「那時，相馬家族為了決定誰才是最後的人選，做了幾項審核與考試。相馬辰己也都獲得了優秀的表現與成績，據我所知，他為了勝出，比我花費了更多時間與精力。我本來就沒有特別想爭取這個身分，照當時的成果來看，人選交給相馬辰己會是更好的選擇。實際上，相馬辰己的呼聲也是最高的……」

「但是，正因為那個傳聞，讓本來就要勝出的相馬辰己瞬間失去了門票，我說的對嗎？」

聽到這裡，法蒂娜已經大致掌握了來龍去脈，只是確認地問一問。

「我也不知道為何會有那樣的傳聞出現，但確實就是在最後關頭前，私生子的傳聞流了出來……一次就重創了相馬辰己的形象，使得相馬家族最後選擇了我作為聯姻人選。」

「時機還真是巧合啊……恐怕，你不是不知道吧？只是不想承認而已。搞不好，是你父母不知用了什麼手段，讓這傳聞在那個時機點流傳出去，好讓你在最後上位。」

法蒂娜雙手一攤，搖了搖頭。

「若妳要這麼認為的話，我也不否認。不過，那都是過去的事了，我更是早已放棄繼承相馬家的權利，此後家族內要如何鬥爭都不關我的事了。」

相馬時夜聳聳肩膀，對他來說一切早已事過境遷，人都不在了，那些過往就如同雲煙，一點意義也沒有。

他現在之所以出現在法蒂娜的面前，以及做著蘭提斯國際刑警的工作，也僅僅只是為了追查當年法芙娜遇害的真相……以及，為當年沒好好守護這對姐妹贖罪。

從那天至今，這就是相馬時夜繼續生存與努力的動力。

這些相馬時夜從沒說出口，但他隱約知道，聰明如法蒂娜應該多少有些察覺了吧……

「總而言之，相馬辰己當年就想與我們福斯特家族聯姻，所以現在會對我說出那樣的話也沒什麼好意外的……嗯，真是可怕的男人，姐姐不在了，就找我當目標啊……」法蒂娜一手托著下巴，喃喃自語。

相馬時夜聽到了，馬上關切地問：「什麼？相馬辰己這次將目標鎖定妳了？」

「如果我沒聽錯他的意思的話……」

話都還沒說完，相馬時夜突然一反常態，強硬地對她說：「絕對不可以，法蒂娜！」

法蒂娜一時間有些愣住，似乎沒想到對方的反應會這麼大。

過了幾秒，相馬時夜似乎也冷靜下來、意識到自己的失態，有些不好意思地說：「抱歉，我剛剛太激動了……但我的意思是，法蒂娜，這可是攸關妳的終身大事，可不能隨意就……」

「我知道，而且我什麼時候說過我要嫁人了？你沒忘記吧，在姐姐的事情真相大白前，我是不可能想到那種事情上的。」

「抱歉，法蒂娜，是我一時太心急……都忽略了這點……」

相馬時夜垂下眼簾，低沉的語氣中帶著自責。

「用不著跟我一直道歉，你又不欠我什麼。相對的，你還提供了我不少有用的線索，先前也是從旁幫助我，真要說，還是我欠了你人情。」

法蒂娜聳了一下肩膀。

「也是呢，這麼說來我還算是有幫到忙的吧。說了這麼多，倒是有些口渴了……法蒂娜，妳這新家裡就沒有什麼可以喝的嗎？」

相馬時夜從椅子上站起身，在屋子裡走來走去，似乎很自然地把這裡當作自己的家，十分自在。

「你當我真的想把這裡當成家嗎？我怎麼可能沒事在這裡準備一堆飲料或食物啊。」

看著在客廳晃來晃去的人，法蒂娜一點也不在意。對她而言，相馬時夜在某種層面上來說就像家人一樣。

「是嗎？不過妳這臺小冰箱裡還是有東西呢。雖然沒有特別想喝這個，但現在口渴了，就將就一下吧。」

廚房裡傳來相馬時夜的聲音，這讓法蒂娜覺得奇怪，皺了皺眉頭。

「有東西可以喝？什麼東西啊，我怎麼沒印象自己有放什麼飲料在冰箱裡……」

「不就有這瓶酒嗎？」

從廚房裡走出來的相馬時夜，手上多了一支冰鎮過的瓶狀物，看上去就是酒瓶之類的東西。

「怪了，我怎麼會在這裡放酒……而且好像有點眼熟……」

法蒂娜一時間只覺得有些熟悉，但又想不起來，有時候人就是會這樣，硬是要想起某樣事情時就是沒辦法。

「一起喝吧，妳應該也渴了吧？我倒一杯給妳。」

相馬時夜先給自己倒了一杯後，再拿了第二支高腳杯替法蒂娜倒酒。

「奇怪，總覺得這味道好像在哪聞過……」

雖然一直很在意，偏偏越是回想就越是摸不著頭緒。法蒂娜接過酒杯，拿近到鼻子前聞了聞氣味。

「別想這麼多了，不過就是酒而已，妳又不會在自己家裡放什麼有毒的東西。」

拿起自己的酒杯，相馬時夜也先品聞了一下酒香，低聲呢喃：「這味道有點奇特……但也算是好聞……」

說完便啜下一口杯中的酒，閉上雙眼彷彿在細細品味。

「可能放到有些過期吧？才有那種奇怪的味道。」

法蒂娜冷笑一下，隨後也不管了。她確實有些口渴，便喝了一些。

「既然都說過期了，那妳怎麼還敢喝。不過，是我的錯覺嗎？雖然酒入喉後多少會有些發熱，但這酒怎麼讓我覺得……」

相馬時夜微微蹙眉，在好奇心驅使下又多喝了幾口，含在口中反覆品嚐。

「這麼說來，我好像也這麼覺得。這酒是不是挺烈的啊……酒瓶拿來，我看一下酒精濃度。」

法蒂娜從相馬時夜手中接過酒瓶，同時又多喝了幾口。雖然味道有些古怪，但還算爽口，冰冰涼涼的更是解渴。

「我看看，標籤上寫了什麼……」

她的雙眼微微瞇起，想看清楚標籤上小小的文字敘述。乍看下來，好像有種似曾相識的感覺。

「閃亮夢幻會官方敬贈賀禮……！」

法蒂娜倒抽一口氣，一瞬間清醒了。記憶排山倒海地席捲而來，她第一時間想到的便是——

這不就是那瓶加了春藥效果的酒嗎！

「該死！我居然喝了這個……！」

忍不住咒罵出聲，法蒂娜現在真想立刻催吐，把喝下去的液體全部吐出去！

「怎麼了？法蒂娜，妳怎麼沒事突然動怒？」

相較於驚覺事情大條的法蒂娜，相馬時夜仍一臉狀況外。

「相馬時夜！快去把胃裡的酒都吐出來！快！」

法蒂娜立刻轉過身去，對著還在不解地看著自己的相馬時夜大喊。

「吐出來？為什麼？法蒂娜妳該不會真那麼狠，連家裡的酒都要下毒還是瀉藥……？」

「都不是！你快去吐出來就對了！」

聽到相馬時夜這麼問，法蒂娜的拳頭都快揮過去了。這男人怎麼可以如此囉唆！

「催吐很傷身的，法蒂娜妳也別這麼勉強……唔，話說回來這酒是不是真的很烈？有點熱暈的感覺……法蒂娜，妳不是要看酒精濃度嗎……」

相馬時夜先是搖搖頭，同時扶著自己的額頭，兩頰也微微泛紅了。

「這不是酒精濃度的問題……！」

天知道要如何啟齒——

平時對目標都可以直接做出更大膽行為的法蒂娜，唯獨相馬時夜，她還真不知怎麼開口。

就只有面對相馬時夜的時候，她才像是回到以前一樣，變成那個清純不懂事的少女。

只是法蒂娜現在真的不知道該怎麼辦，在虛擬遊戲中，催吐也不一定有效，更棘手的是……這瓶酒的效果已經在發揮了。

該死該死該死！

她怎麼會蠢到沒把這瓶酒先處理掉！

明明那時是要拿來對付相馬辰己的，沒想到竟然害到自己，還拖了相馬時夜下水！

「水……我得喝水……口好渴……」

身體逐漸發軟，燥熱感越來越明顯，喉嚨乾渴的法蒂娜站起身，想去找杯水來喝，沒想到卻踢到椅腳、一不小心踉蹌往前一倒。

「小心！」

相馬時夜反射性地衝上前，想接住快摔倒的法蒂娜——沒想到自己竟然手一軟，兩人同時倒在地上。

碰的一聲，相馬時夜以自身墊底，不讓法蒂娜直接撞擊到地面。他一邊感受到撞擊的疼痛，一邊心想該不會是喝了酒力氣才會使不出來。同時，法蒂娜試著想從他身上爬起。

「不能這樣下去……我得……唔……！」

她努力地想撐起身子，沒想到手又是一軟，整個人就重重貼進相馬時夜的胸懷中。

「不要勉強，法蒂娜……」

耳邊先是傳來相馬時夜溫柔的聲音，她還沒來得及回應，一隻強而有力的手臂就突然從背後環住她、牢牢將她攬在懷裡。

「無論是什麼事，都不要勉強——更依賴我一點吧。」

或許是毫無心理準備，又或許是那瓶酒的緣故，緊緊依偎著相馬時夜的法蒂娜，清楚地聽到自己不爭氣的心跳。

和平時完全不同，奏著如擂鼓的聲響與節奏。

不好……

她本來就對相馬時夜沒有招架之力，對於自己對相馬時夜懷抱的異樣情愫，她一直相當有自覺。

因此，她始終與這個男人保持著一定的距離，明明很想見他，卻只在有需要時才會把對方找出來。

儘管是為了調查工作，法蒂娜也不斷告誡自己，然而每一次久違地看到相馬時夜，她還是會難掩欣喜。

就算表面上維持著冷酷平靜，法蒂娜終究騙不了自己的心，她對相馬時夜的感覺是如此不同、反應也是如此反常。

心跳怦然，法蒂娜難得也有不知所措的時候，她最後放棄思考，就這麼將側臉貼著對方溫熱又結實的胸膛。

「如果可以，我也想啊……」

小小聲地說著，小到幾乎無法確定相馬時夜是否有聽到……聽到也好，沒聽到也罷，法蒂娜只是呢喃出自己的心聲。

如果，相馬時夜不是姐姐的未婚夫。

如果，自己不是背負著一路走來的復仇決心。

如果，沒有另一人在等待著自己的話……

或許，可能，她就會這麼淪陷在相馬時夜的懷裡，依靠著這個男人——她從小就一見鐘情默默喜歡的人。

可是法蒂娜知道自己不能，於情於理，她都不能就這麼拋下一切。就算天上的姐姐可以諒解，哪怕黑格爾可以放手，她也不能就這麼放下那個害死自己姐姐的凶手，將她人生搞得一團亂的罪魁禍首。

「法蒂娜，妳的體溫好高，我也是。我不知道是不是喝酒的緣故，也可能妳的酒裡夾雜了不該有的成分……但是，也許我也是藉機順水推舟了吧，趁這時候，我才有勇氣告訴妳。也只有在這個時候，妳也才有臺階下來聽我訴說。」

相馬時夜厚實的手掌牢牢地抵著法蒂娜的後腦勺，「我想要妳更信賴我一點，更依賴我一些，我們的目標一致，但妳始終只想要一個人……不，是故意一個人單打獨鬥，想找出凶手。」

「是嗎……原來我有這麼破綻啊……」

不知已經有多久多久沒有像這樣，不是懷抱目的地接近，而是以赤裸且毫無防備的心，靜靜地躺在一個男人的懷抱裡。

為了能查明姐姐的死因，走上這條危機四伏的復仇荊棘大道，法蒂娜早已習慣以自己的身體作為武器，作為親近目標的最佳利器。和那些男人之間的肢體接觸，都是算計好的觸碰。

很少……很少會像此時此刻這樣，是法蒂娜始料未及、無意間造成的親密接觸。

過去那些另有目的的相擁，從來不會帶給法蒂娜任何心跳加速的感受。

但她與相馬時夜的擁抱，無論是來自對方胸膛的溫暖，還是來自對方手掌心的力道，都讓法蒂娜的心不禁怦然悸動。

「法蒂娜，無論何時何地，需要幫忙的話都可以找我。」相馬時夜的嗓音低沉，溫醇如酒，「我知道妳很忙碌，也總是只有非得需要我的時候才會找我出來。法蒂娜，對我無須如此，如果妳願意，我甚至可以——」

「不許再說下去了，相馬時夜。」

法蒂娜突然伸出手來，食指封住了對方的唇。

「我曉得你要說什麼，但是我不能聽，也不能接受你的好意。這樣只會讓我變得軟弱，變得不再鋒利。」

「法蒂娜……」

相馬時夜的眼簾低垂，語氣裡帶著一絲感嘆。

「既然你什麼都知道，那也懂得為何我要刻意與你保持距離吧……」

「除了妳的復仇計畫，該不會還有……」

「相馬時夜，你真的說出口，就代表你真的是個無可救藥充滿罪惡的男人，讓我們兩姐妹都這樣對你。」

法蒂娜熟知相馬時夜也是個聰明人，大家心裡都明白這種曖昧的感覺是怎麼回事。

只是，有沒有說破而已。

不能再沉淪下去，雖然身體燥熱，欲望如海浪般在內心與身體深處翻滾拍打……若是在這個節骨眼上沒有好好控制，一切都會失控。

法蒂娜舔了舔乾燥的唇，酒的藥性還在體內發揮，理智則努力拉著自己，讓她變成一條裝死的動物，動也不動，就怕一個不小心擦槍走火。

儘管如此，在這靜止的狀態下，法蒂娜也知道，自己內心深處其實是希望這段時間能夠有多長，就多長……

好想將時間就停留在這一刻，這一分，這一秒。

「法蒂娜……我……」

「別說，不能說——」

深怕會聽到不該聽的話，加上身體對於欲望的本能反應，法蒂娜覺得理智就要斷線，她快控制不住自己了。

於是乾脆斷尾求生，讓他住口——

她使勁地推開了相馬時夜，再抓住對方領子用力往自己一拉。

「我不是姐姐，我是法蒂娜。當你記住這個味道而不會搞混的時候再說吧——」

話音落下，法蒂娜強硬地吻上了相馬時夜。

這一吻，牢牢地鎖住彼此的雙唇，相馬時夜甚至感受到撞上牙齒的力道。

可是，來自內心的衝擊更為強大，相較之下撞擊的痛楚根本微不足道。

時間彷彿定格了，被吻那一方的腦海一片空白，只是反射性地屏住了呼吸，唯有心跳加速跳動。

不知過了多久，也無法計算，相馬時夜愣愣地看著法蒂娜的唇終於緩緩移開，而凝望他的眼神中還帶著一絲不捨與眷戀。

只不過，這樣的情思很快就在法蒂娜眼中消散，取而代之的是平時的孤傲姿態。

「今天，就到這裡結束吧，相馬時夜。」

法蒂娜低聲地說道，同時緩緩地爬起身，看似自若地整理頭髮與儀容。

「啊……也、也是呢……我好像還有案件要處理……」

不知道該說什麼，就算是平時善於處理棘手案件的國際刑警，也對這突然的吻不知所措。最後，相馬時夜隨口編了一個理由，讓彼此都有臺階下。

「今天從你這邊得知很多關於相馬辰己的事，那個，該說什麼呢……嗯，謝了。」

雖然想要維持高冷姿態，彷彿什麼事情也沒發生，但法蒂娜還是不小心在言語裡露了餡。

「就說了用不著跟我客氣……」

「我要登出遊戲了——就這樣吧。」

法蒂娜直接打斷相馬時夜，一個轉身，準備踏出她在「閃亮夢幻會」裡的住家。

一步，兩步，再往前第三步……法蒂娜最後直接加快腳步，拉開和相馬時夜之間的距離。

她剛剛說了一個謊。

明明還沒到和黑格爾約定的登出時間，但她就是必須找個藉口趕緊離開。

彷彿還能聽見後頭的相馬時夜在對自己說什麼，但法蒂娜努力地讓自己聽而不聞。

她幾乎是用跑的離開了自家，衝到一個乍看四下無人的地方，一手撐在路旁的樹上，低下頭來。

面紅耳赤地喘著熱氣，直至此時，她仍然無法抑制地回想著和相馬時夜的吻。

許久，許久。

「法蒂娜大人，您很熱嗎？怎麼醒過來就一直灌水喝？」

黑格爾在旁服侍，倒上一杯又一杯的冰開水，遞給豪邁地灌下的主人。

打法蒂娜登出「閃亮夢幻會」後，黑格爾就發現自家主人的不對勁。兩頰紅潤，滿頭大汗，一醒過來就喊著「水！我要冰水！」。

肯定有問題，尤其他知道這趟登入，主要是為了透過遊戲和相馬時夜見面。

一種不愉快的感覺，像一群蜘蛛爬上心頭那樣令黑格爾胸口鬱悶。

「呼——」大口大口喝下幾杯水後，法蒂娜終於發出了一聲痛快的聲音。

「法蒂娜大人，請用。」

黑格爾早已準備好自家主人可能的需要，體貼地遞上毛巾。

「呼……真是……那玩意的藥效沒事那麼強幹嘛……」

「藥效？」

他接過法蒂娜丟回來的毛巾，似乎聽到了令他在意的詞彙，忍不住挑高一邊的眉頭。

「咳，沒事，什麼都沒有，不要亂問一些有的沒有的。」

法蒂娜刻意地清了清喉嚨，這聽在黑格爾耳中，明顯就是在逃避問題。

「法蒂娜大人，您在『閃夢』裡和相馬時夜先生談得如何呢？」

心知一定和相馬時夜有關，他乾脆挑明地提問。

「談什麼，不就是問了一下關於相馬辰己的事而已。」

法蒂娜重新坐回躺椅上休息，一邊冷淡地回應。但以黑格爾對自家主人的了解，他知道事情絕對沒有這麼單純，否則法蒂娜從遊戲裡醒過來後就不會是這種反應。

「那麼，具體上是問到了什麼呢？有得到關於相馬辰己的有用情報嗎？」

「黑格爾，你很囉唆耶，既然你那麼想知道我就跟你說。對，相馬辰己就是當年想要成為我姐未婚夫的候選人，而且還很積極。這麼一來，他現在的目標變成我，也就很正常了——那傢伙似乎是個不擇手段也要上位的男人，大概和他是由情婦所生的背景有關。」

法蒂娜冷哼一聲。

「像這種人我見多了，由於出身的關係，這種人不是極度自卑就是自大。也呈現兩極的狀態，要嘛是個沒用的傢伙，要嘛就是相當傑出有能力的人。很明顯的，相馬辰己就是後者，而他這種人就更想要上位、掌握更多的金錢與權力。」

「這麼聽來，法蒂娜大人從相馬時夜先生那邊『受益良多』囉？」

「為何我從你的嘴裡聽出奇怪的意味，黑格爾？」

法蒂娜眉頭一皺，對方的口氣很怪，絕對是想說什麼。

「法蒂娜大人誤會了，我只是很納悶，既然蒐集到那麼多有用的情報，為何從遊戲裡登出後會是那麼口渴且燥熱的樣子？你們不就是在談事情而已嗎？」

黑格爾一手托著下巴，話中帶話。

「少囉唆，總之我們講很多話所以口很渴不行嗎？」

「但是，怎麼會一臉紅潤且好像很熱的樣子？我記得『閃夢』裡的氣溫都很宜人啊……」

「黑格爾，你到底想怎樣？我的事情不需要問這麼清楚！」

被這麼追問之下，法蒂娜都顯得毛躁起來。

「我當然想問清楚了，法蒂娜大人。」

黑格爾沒有逃避也沒有退縮，只是把話說得更加堅定。

「您明知，我比任何人都還在乎您，我的雙眼我的心臟只為您而存在與跳動——您的一舉一動我都不願錯過。您在遊戲中的時候我什麼都看不到，因此百感焦慮是正常的。」

黑格爾的聲音帶上了些許沙啞。

「而您，法蒂娜大人，作為我唯一的生存意義，您有必要說清楚方才究竟和相馬時夜發生了什麼事。」

看著黑格爾如此執著的模樣，法蒂娜實在是被打敗了……她又不是不了解，這個黑格爾對自己就是這般病態痴迷啊……

「你真的很纏人……算了，我也不是第一天認識你……好吧，我說。」

法蒂娜聳了聳肩膀，放棄掙扎。她就是拿這傢伙沒輒，有時候都要偷偷慶幸，好在黑格爾不是她「清單」裡的一員，不然可就難辦了。

法蒂娜清了清喉嚨，別過目光看著地板，壓低嗓音說：「我不小心喝到加了催情效果的酒，就這樣。」

「您說什麼？是您喝到？不是相馬時夜喝到？」

黑格爾愣了一下，一臉訝異地看著法蒂娜。

「不，他……也喝到了。」

遲疑了一下，法蒂娜的眼神有些飄移不定。

「你們兩個人都喝到了？究竟是誰下誰的藥！等等，這麼一來你們……！」

此時的黑格爾若手上有顆橘子，大概就會當場掐爆吧。

「別那麼在意啦！一切都是意外，什麼事也沒發生！」

「一男一女都喝下了春藥，孤男寡女共處一室，您跟我說什麼事都沒發生？法蒂娜大人，您當黑格爾是笨蛋嗎？」

「哎，就說什麼事都沒發生了，黑格爾你就是笨蛋沒錯！你就這麼不相信我嗎！」

法蒂娜別開頭，雙手環胸。

「如果當真發生了什麼，我醒過來還會這麼急著要喝水嗎？用點腦子吧，黑格爾！」

「唔……被您這麼說好像也有道理……」

被這麼斥喝之後，他那彷彿快要燒灼起來的激動情緒才稍微停了停。

冷靜想一想，確實如自家主人所講的，假設真的生米煮成熟飯，也就沒必要一醒來做出那樣的行為。唯有想趕快解除藥效，才會讓人反射性地想多喝水吧。

「抱歉，法蒂娜大人，是我太反應過度了……」

黑格爾默默地低下頭，向法蒂娜道歉。

「你也用不著跟我道歉啦……真是的……搞得我好像是你的女朋友還是老婆，被懷疑出軌一樣……」

法蒂娜看著低頭的黑格爾，嘆了一口氣。

「原來您是這樣想的嗎？真是我的榮幸，法蒂娜大人可以請您再說一次嗎？我要錄音下來！」

「黑格爾你夠了哦。」

法蒂娜馬上翻了個大白眼，不過看到這樣的黑格爾，她也算是鬆了一口氣。也同時慶幸著，自己體內的藥效早已退散……也不知是不是在遊戲裡連藥效都能虛擬，總覺得一醒過來其實就沒有特別不對勁的感覺。

「話說回來，法蒂娜大人下一步要怎麼做？您認為相馬辰己會是凶手嗎？」將話題拉了回來，黑格爾認真地問道。

「就我目前的了解，相馬辰己可能有作案動機。」

法蒂娜拄著自己的下巴，眼神同樣嚴肅起來。

「他當年積極地想成為姐姐的婚配對象，並不是出自於情感因素，而是為了要上位。那麼，事後對姐姐懷恨在心也是很有可能的。我也想起來了，當年讓相馬家族推出相馬時夜而非相馬辰己的關鍵之一，是另有一件事。」

法蒂娜起身，迅速走向一旁的櫃子，從抽屜中取出法芙娜留下來的日記，迅速翻了幾頁後看著內容說道：「當年，法芙娜姐姐其實早在婚配者定案之前，就事先與相馬辰己有一面之緣……那時福斯特家族在最後有徵詢姐姐的意願，姐姐在日記裡寫著……」

深吸一口氣，法蒂娜指著日記中的一段文字。

「『我對相馬辰己這個人沒有太多好感，只見過一次面卻讓我覺得他是個眼神很犀利的人，讓我感到有點害怕』。」

目光掃過日記上的文字，黑格爾認同地點頭。

「的確，若是以此來看，相馬辰己的確具備了作案動機。」

他隨後又抬起頭，目光對上法蒂娜。

「不過，法蒂娜大人，您要如何再進一步確認，又或者找到明確的證據，證明相馬辰己是否和法芙娜大人的死有關？就目前來看，雖有作案動機，但都只是間接推敲。」

「不在場證明——」法蒂娜突然拋出這個詞彙，「若是能找到確切的不在場證明，就能知道相馬辰己是否有作案可能。」

「不在場證明，您是希望他有證明還是……？」

「以我的立場，當然希望能快點找到凶手。從某方面來說，確實也希望相馬辰己就是凶手。再說，我之所以把他列入『清單』也不是沒有理由的。」法蒂娜擺擺手，「除了姐姐的日記內容，在初步篩選時，我都一一調查過嫌疑人，這點你也知道，你協助我做了不少前置作業。」

「嗯，這倒是讓我回想起來了，那段時間法蒂娜大人和我都像是桌前的宅男宅女，忙著看各種資料呢……不過我很想念那段時光喔，因為，那是跟法蒂娜大人單獨相處時間最長的時候。啊，現在想起來，真香啊。」

黑格爾一手捧著臉頰，流露出陶醉的表情。

「黑格爾，我說你到底去看病了沒？你越來越嚴重了啊。」

露出嫌惡的表情，法蒂娜認真考慮是不是要和這病嬌的傢伙保持更遠的距離。

「看了，但醫生說沒藥醫喔，呵，醫生真懂我呢。」

沒想到黑格爾還真有去看醫生，更沒想到他居然會這樣回。

「算了，當我什麼都沒聽到。關於不在場證明，我大致上都替『清單』上的目標做了初步調查。這些人選都不具備確切的不在場證明，包含相馬辰己在內。」

法蒂娜的神色嚴肅下來，輕輕闔上手中的日記。

「在姐姐的死亡時間前後，相馬辰己沒有任何不在場證明，也就是說——他很可能有機會在這段時間殺害了姐姐。」

「既然如此，您打算怎麼做呢？直接審判相馬辰己？不過恕我直言，法蒂娜大人，就算相馬辰己再怎麼可疑，您還是得有明確的證據才行。」

他明白法蒂娜想要快點逮到犯人的心情，但也不能隨意將人定罪，尤其是命案這種大事。

好在，法蒂娜給出了這樣的回覆：「不用你多嘴我也知道，雖然我很急，但我更清楚要是錯放了真正的犯人，我會更後悔。」

「法蒂娜大人能理解就好，這樣我就放心許多了。」

「至於方法……我還在想。」

「真是意外，我以為您都說到了這個份上，肯定已經有想法了。」

「我也有不知道該怎麼做的時候好嗎？當我是神喔？」法蒂娜沒好氣地雙手一攤，「我也很努力在想啊，有沒有什麼好法子可以讓我確認……」

她一手托著自己的下巴，認真地喃喃自語思索著。就在這時，她的手機突然傳來了新通知。

「有什麼新訊息嗎？」在旁同樣聽到聲音，黑格爾好奇地問。

「我看看……啊？你還在我手機上裝了『閃亮夢幻會』的應用程式嗎？」

法蒂娜拿起手機一看，上面顯示的就是「閃亮夢幻會」的遊戲通知。

「哎呀，既然都玩了這款遊戲，當然就是要做全套的嘛。」對於被抓包這件事毫無歉意，黑格爾只是笑笑地這麼說。

「不過是什麼樣的遊戲通知呢？一般來說，『閃夢』是不會隨意用手機通知玩家，除非是有玩家特別私訊……」

「就是訊息沒錯——」

瞄到了訊息上頭標注的玩家名稱，黑格爾帶點壞心眼地笑了。

「喔呀？獨角獸小姐姐？法蒂娜大人，原來您遊戲玩得很投入嘛，還在『閃夢』裡交到朋友了呢。」

「閉嘴，才不是那麼一回事。」

「喔……沒關係的，我都明白，法蒂娜大人也有想要交朋友的心嘛。不過，話說回來這個『獨角獸小姐姐』說了什麼？妳們平常就有私底下這樣交流嗎？」

「沒有，這是她第一次傳這種訊息給我，我跟她根本就沒要熟到能稱上朋友。」

「雖是這樣說，您還是很在意這位『獨角獸小姐姐』傳了什麼訊息給您吧？」

「嗯，總覺得有些不太對勁……」

有一種直覺告訴自己事有蹊蹺，對方應當不會如此主動傳訊息給自己，她不知道已經當著對方的面說過多少次別來煩她。

法蒂娜打開訊息一看，果真立刻驗證這種感覺。

「唔……！」迅速讀完後，她的臉色一變，「黑格爾，現在快幫我準備連線，我要進『閃夢』一趟。」

「遵命，我現在立刻幫您準備……只是對方究竟傳了什麼訊息，讓您如此急著上線？」黑格爾一邊著手處理，一邊納悶地問。

「那傢伙似乎有危險。」

「什麼？但……您不是說她不是朋友嗎？就算那個『獨角獸小姐姐』有危險，實際上也不關您的事……」

以黑格爾對法蒂娜的了解，換作是一般情況，對這種誰誰誰有難的話，他美麗高冷的主子肯定不為所動。因此，法蒂娜現在的反應就令他頗為訝異。

被這麼一問，法蒂娜就像嘴巴被堵上，一時間說不出任何回答。

幾秒後，她才別過頭，低聲咕噥：「問那麼多幹嘛……給我做就對了。」

聽到這句話，再看著她的神情反應，黑格爾便笑了笑，一手覆在胸前。

「遵命，法蒂娜大人，我這就去辦。」

黑格爾轉身開始行動，很快地，法蒂娜就在他的協之下，再次登入「閃亮夢幻會」的世界。

熟悉的系統語音，熟悉的登入流程，她才剛進入「閃夢」世界，便再次收到新的訊息通知。

「親愛的冰焰雄獅，您有一則來自獨角獸小姐姐的新訊息。」

通知跳到法蒂娜的眼前，點開一看，就見短短一行字：

快到妳家後巷找我！拜託妳了！我有急事！

一見到這樣的訊息，法蒂娜二話不說，快步往她在「閃夢」裡的住家後巷而去。

從沒想過，自家後巷會如此陰暗無人跡，她一直以為這款遊戲就跟名字一樣，到處都是閃亮、夢幻與各種美好，不會出現眼下的這種場景。

除了眼前光景讓法蒂娜產生詭異的感覺外，她也相當在意獨角獸小姐姐的情況。

「不知道那傢伙發生什麼事了……」她一邊在後巷找尋對方身影，一邊喃喃自語。

如果不是遇到了什麼嚴重的問題，對方應該不會如此緊急地連發訊息，而且還特別約在這種地方碰面。

說不擔心的話，是騙人的。

「真是麻煩的傢伙……要是沒認識她就好了……」法蒂娜又碎念了一下。

就是這樣她才不想跟其他人有什麼接觸。她要面對的人，除了黑格爾和必要時才找他來的相馬時夜外，就是「清單」上的目標了。

若是無意間和其他人建立起關係，就算再怎麼抗拒以及強裝冷酷，也阻止不了她的心違逆自己的意願。

就在這時，側邊突然聽到有人叫住自己：「冰焰雄獅，這裡！」

循著聲音而去，法蒂娜終於見到了人。

「妳到底有什麼急事？」法蒂娜一手扠腰，皺著眉頭問道。

「實在很抱歉……我真的一時間找不到人可以幫忙……」

躲在幽暗的一角，身子不停瑟瑟發抖的女子，正是一臉驚恐害怕又不知所措的獨角獸小姐姐。

　　看到對方的模樣，法蒂娜有些驚訝。她的身形比上次見到時更瘦削，兩頰更是明顯凹陷。黑眼圈就算是抹上了濃濃的粉底，也無法完全遮掉。就連初次見面時她那雙閃閃發亮的雙眸，現在也只剩下黑洞般的無底恐懼。

　　到底發生什麼事——可以讓一個女子驚恐害怕成這樣？

　　雖然還沒有得到明確的答案，但是以過來人的經驗，法蒂娜猜測著許多種可能。

「說吧，妳遇到了什麼麻煩？既然我來了，就會試著解決妳的問題。不過，這當然也要取決於問題的嚴重性。」

「嗚……是這樣的……我……我現在受到了性命的威脅……」

　　法蒂娜暗暗吃驚，沒想到對方一開口，就是她設想的危險中最嚴重的一種可能。

「被威脅？妳是怎麼被威脅的？現實世界中嗎？所以逃到遊戲裡跟我講？」

　　法蒂娜馬上追問，沒想到得來更意外的答覆。

　　在她面前的獨角獸小姐姐膽怯地搖搖頭，吞了一口唾沫後才小聲地回答：

「不是……我是在『閃夢』裡被威脅……威脅我的人，也是在『閃夢』裡……」

「在遊戲世界裡被威脅？妳到底是做了什麼？惹了什麼麻煩？但話說回來，不過就是在虛擬世界裡被威脅，也不影響到妳真正的性命安危，到底有什麼好怕的？」

法蒂娜雙手一攤，她原以為是在現實世界中被威脅性命，原來是在遊戲裡。既然是在遊戲裡，這種威脅恐嚇不是很常見嗎？最後還不就只是一群愛叫囂的人說說而已，反正在網路世界裡多得是嘴砲。

「不是的，沒有這麼簡單！那些人……知道我在現實世界裡的所有資料！包括知道我住在哪，和我真實的長相！」

「什麼？」

聽到獨角獸小姐姐如此激動地反駁，法蒂娜愣了一下。

「原來是被一群人威脅嗎？他們還掌握了妳的真實身分？妳該不會是那種傻子，一開始就傻傻被套出所有個資的類型吧？」

雖然開始覺得事態好像有點嚴重，但到目前為止，法蒂娜仍然認為這只單純的網路勒索而已。

被這麼懷疑，獨角獸小姐姐馬上猛力搖頭。

「真的不是！在遊戲世界裡我也不是新手玩家了，怎麼可能會輕易把真實個資透露出去！是他們——不知道用什麼方法得到了我的所有資料！」

「不是妳被套話，而是他們主動取得了資料……？」

法蒂娜再次有些訝異，看對方也不像是在說謊，況且也沒必要說謊。

「是真的，他們自己說出我的真實身分、從事什麼工作，還知道我一個人住在某區域的租屋套房裡……」

獨角獸小姐姐說著說著，哽咽了起來，雙手遮住自己昔日充滿光彩的臉。

「他們威脅我，如果我不照他們的話做，就要殺了我……！」

哽咽之後是一陣抽抽噎噎的哭泣聲。

法蒂娜看著害怕到極點的獨角獸小姐姐，不知為何心中升起一股惱怒。

這讓她莫名想到當初法芙娜姐姐的遭遇。

即使遇到的情況不一定一樣，但這種欺壓女性、讓女性受到性命威脅的事，就是會讓法蒂娜不尤自主地做出聯想。

更明白的說法，就是這種行為已經踩到她法蒂娜的地雷！

「妳給我聽著。」

法蒂娜突然一拳伸出、劃過獨角獸小姐姐的右臉，用力地捶打在後面的牆壁上。如此強勢又出其不意的舉動，立刻讓對方愣住，停下啜泣抬起頭來看著法蒂娜。

「這件事，交給我處理。」

「咦？」

獨角獸小姐姐眨了眨眼，淚眼汪汪地注視著法蒂娜，一時間不知該說什麼。

「我不會再讓妳為這種事情哭泣，拿去，別再我面前露出這種表情。」

法蒂娜從口袋中拿出一張手帕，直接遞給對方。

「這……」

「還愣在那裡做什麼?快點拿去擦乾眼睛。還是妳指望我幫妳擦眼淚？」法蒂娜沒好氣地皺起眉頭。

「不、不敢不敢！」

一聽到法蒂娜這麼說，獨角獸小姐姐馬上接過手帕，不知是緊張還是驚慌，胡亂地在臉上一抹，把淚水全擦乾了。

「那麼，現在要不換個場地？把妳知道的、遭遇的全都一五一十跟我講？我再強調一次——一五一十、毫無保留地全告訴我，明白嗎？」法蒂娜嚴肅地伸出一指，「如果妳有所隱瞞或欺騙，我絕不寬待，妳的死活就不關我的事了，清楚嗎？」

「明、明白！清楚！」

獨角獸小姐姐立刻精神抖擻起來，不知道究竟是振作起來，還是被法蒂娜嚇到飛起……

「很好，跟我回去吧。」

法蒂娜帥氣地轉身，邁步往自己在「閃亮夢幻會」裡的新居走去。

「哇……我還是第一次進到冰焰雄獅的新家耶……」

跟在法蒂娜身後進門的獨角獸小姐姐不禁有些期待，直到她見到屋內的單調擺設，臉色馬上一垮。

「妳那是什麼表情？很抱歉喔，我家不是妳期待的樣子。」

法蒂娜沒好氣地哼了哼，沒有再多廢話，坐到沙發上開始了解情況。

原來，事情的來龍去脈是這麼一回事：一切的源頭，都是由於虛榮心。

這起事件的開端，就是從獨角獸小姐姐在「閃夢」裡遇到的一名玩家開始。

「她在『閃夢』裡的玩家名稱，叫做『綺莉』。」

根據獨角獸小姐姐的形容，這位叫綺莉的女性玩家給人的第一印象非常光鮮亮麗，美豔動人，但是仔細端看，就能看出並不是渾然天成。

明顯的，綺莉那張精緻的美麗臉孔有著許多人工痕跡。不過，獨角獸小姐姐倒是不在意，因為在「閃夢」的世界裡，多得是這種靠後天努力的美女。

再說了，在遊戲裡整形還有個好處，就是完全不會痛，就像是施魔法一樣。唯一的問題，就是要付出不輸現實世界的手術費用。

綺莉十分熱情，主動和她攀談之後也不吝分享她變美的過程，每聽一樣就讓獨角獸小姐姐更加羨慕，很快就問到了核心問題。

「妳怎麼會有這麼多錢整形呢？」

這句話，如同翻開了陷阱題，綺莉馬上就更積極地說明起賺錢方式……來自一個在「閃亮夢幻會」裡的兼差工作。

綺莉表示，這份兼差很簡單，門檻條件只有要求必須是年輕女性，長相容貌不用擔心，因為「公司」會幫妳完成所有需要的整形手術！

不僅完全不需要負擔手術費用，還能額外賺到薪水，這對嚮往著變美並且過上更好生活的許多女子——包含獨角獸小姐姐來說都是極具吸引力！

當下雖有一點懷疑，這世界上真有如此好的工作嗎？

不過，由於身在本來就充滿各種夢幻機會的「閃夢」之中，她也沒想太多，就這麼被綺莉帶去面試。

一開始，不管是那家「公司」給人的印象，還是建築物裝潢等等，感覺都和一般公司行號沒什麼兩樣。

面試時不用像真實世界裡那樣填寫各種個人資料……相反的，這間「公司」只是把人叫到面試官前，問了些簡單問題後就結束了。

整個過程都讓獨角獸小姐姐察覺不到異樣，甚至感到放心許多，期待著能收到面試結果。

沒過多久，獨角獸小姐姐便如願以償地收到了錄取通知，要她當天就到公司報到，接受「新進員工訓練與改造」。

「我在當天就接受了其中幾項整形手術，但是有分階段性，公司上層說第二階段的改造必須用工作績效來定。」

獨角獸小姐姐這麼說的時候，法蒂娜看得出她的懊悔。現在回想起來，那個時間點大概就是她在自家新居落成的慶祝活動上發現對方開始變亮麗的時候吧。

只是，當初她完全不想和這個女人有太多互動，加上要追查相馬辰己的事，便忽視了這件事。

在獨角獸小姐姐開始說明工作內容之前，法蒂娜先聽她說了新進員工的訓練內容，就是在教導如何搔首弄姿、雕琢儀態，以及對異性該如何談吐應對、討人歡心。

從這點來看，法蒂娜就大致能預測到接下來的發展了。

果不出其然，這間公司要她們這群妙齡女子做的工作是——

「接待客人。但是起初公司的人再三保證不會有超過的行為……」

獨角獸小姐姐的眼簾低垂，說話的音量越來越小聲，就好似不願回想起當初的種種。

法蒂娜也看得出對方的牴觸，但是為了得到更多情報，她只能強迫她回想。

「這種再三保證都是騙人的吧，後面是不是就開始叫妳做些超過的行為了？」法蒂娜的眉頭一挑。

獨角獸小姐姐點了點頭。

「嗯……起初，我的工作還算單純，就只是到公司安排的招待所內，替那些看起來都像是達官顯貴的男人服務。倒酒、陪坐與聊天，多少會有些肢體碰觸，雖然覺得噁心，但當下我沒有想太多。現在回想起來，就是因為害怕而不敢多吭聲吧……」

獨角獸小姐姐揪緊裙襬，肩膀開始微微顫抖，「後來，公司跟我說，我的業績不足進行第二階段的『改造』，若是想要變得更美、獲得更多的錢，就必須『多做一些讓步』。」

「可以了，我大概知道接下來是什麼發展，總之妳敵不過誘惑，也深陷扭曲價值觀的環境。講白點，妳也想開始出賣肉體進行交易了，我說得對嗎？」

「妳說得都對……但是……後來我就後悔了……」獨角獸小姐姐的聲音再次發顫，「起初我也很開心啊，開心自己越來越漂亮，也有越來越多的錢可以買買買，在『閃夢』的世界裡得到更多注目。就差一點便能買下新的豪宅，我都想好了，就要蓋在冰焰雄獅妳家隔壁……」

最後，她用接近吶喊的方式說出：「可是——當我真正面對想要將我——的客人時，我真的好怕！我做不到！」

恐慌快速擴散到全身，獨角獸小姐姐像打開的水龍頭，克制不住地將所有恐懼都說了出來。

「我被客人點檯帶出場，到了旅館門口就嚇壞了，又哭又扯地逃開了……在那之後，公司的人就說要把我抓回去……如果再不好好配合的話，他們就要給現實世界的我好看……！」

說到這裡，獨角獸小姐姐突然一把用力地抓住法蒂娜，用哭腔對著她說：「求求妳了，幫幫我好嗎？妳一定有辦法幫我的對吧？吶？」

「妳冷靜點，現在的妳很安全，我也大致知道了來龍去脈。不過，妳怎麼會認定我一定幫得上妳？」

法蒂娜按著對方的肩膀，拍了拍，像是在安慰對方。

「那是因為——妳好像跟相馬辰己很熟！我們公司的老闆就是他啊——如果妳去幫我求情的話，一定……」

「等等，妳說什麼？老闆就是相馬辰己？」

當下，法蒂娜以為自己聽錯了，瞳孔微微收縮，訝異地再問一次。

獨角獸小姐姐毫不猶豫地點了點頭。

「就是他啊，我以為妳跟他很熟，也有在玩『閃夢』，所以會知道這件事？」

「很好。」法蒂娜站起身，對一臉茫然的獨角獸小姐姐說，「看來妳就是我的機會，原來我一直要找的破口就在身邊啊。」

The Villain Earl's
Discipline Diary

第七章

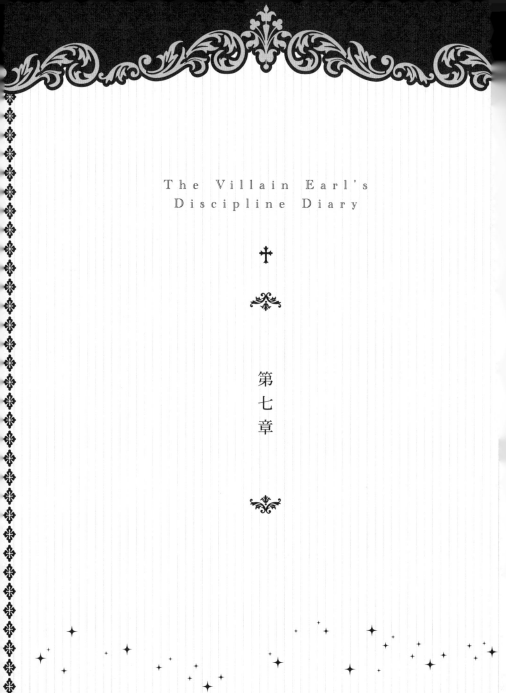

月黑風高，周圍幾乎沒有生人氣息……這塊區域明明是充滿歡笑聲的公園，一入夜就徹底變了樣。

白天時，這裡占地寬敞，在陽光照射下一片綠意盎然，會有許多精心打扮的女性玩家在這邊野餐，拍照打卡。

翠絲特公園，是「閃亮夢幻會」玩家心中的打卡聖地。除了風景優美，也能進行玩家間的交流，甚至是聯誼。

然而，這一切都只限於白日。

一到夜晚，翠絲特公園就會進行管制，不許玩家進入。也由於沒有設置夜燈，遠遠看過來宛如一片荒原，幽暗且帶點詭譎的陰森，玩家也不會沒事刻意靠近。

至今為止，「閃亮夢幻會」的官方從未對公園的管制進行任何說明，但因為向來是官方最大，加上晚上沒什麼人會想來野餐散步，也就沒有玩家在意。

畢竟，這裡不過是虛擬世界的空間，在「閃亮夢幻會」裡，多得是其他可以展開夜生活的地方，不差一個翠絲特公園。

在這個時間，早已對外關閉的翠絲特公園入口處，此時卻多了一道身影。

長髮飄逸，一身大方巾裹著身體，除了腳上的一雙紅色高跟鞋，看不出穿了什麼樣的衣物。從姿態來看，似乎是名女性。

今夜有點冷涼，在「閃亮夢幻會」中的氣溫跟日夜時間都是由官方設定，晚上的翠絲特公園氣溫明顯被調降，使得左顧右盼、看似在等人的這名女子，揪緊身上的大方巾微微發抖。

過了好一段時間，才有兩道剽悍的身影從公園內走了出來。

光看就會讓人覺得來者不善，在這深夜時分，更顯得意圖不軌。

「終於願意自首了啊，寧寧。喔，還是妳希望我叫妳遊戲裡的名字？」其中一名打著領帶的高大壯漢，面帶凶煞地笑問眼前的女子。「寧寧」這個稱呼，認真說來是她的花名，也是「公司」幫她取的名字。

「別說這麼多廢話，快帶她進去，老闆說沒讓她接客接到腿軟，不會讓她休息的。」

另一名壯漢如此說道，接著兩人就用力抓住瑟瑟發抖的女子，走入公園之中。

起初，所經之路還是平時能見到的翠絲特公園場景，但沒走幾步，兩名壯漢就切換了機關按鈕，一座地道入口當著眾人面前緩緩開啟，樓梯底下透出一絲鵝黃亮光。

女子跟著兩名大漢，踏著階梯慢慢往下走……

「我……我能不能先跟老闆求情看看……？我會好好工作的，但能不能求求他別讓我一次接太多……？」她開了口，怯怯地問道。

「哼，現在才想跟老闆求情，會不會太遲了點？」

「求求你們，我真的很需要……我會好好補上這幾天的損失，只求老闆知道我的忠心與懺悔……」

在寧寧不斷的央求之下，兩名壯漢互看一眼，其中一人想了一下，這才說：「算妳會挑時間，今天老闆剛好在店裡，我們可以帶妳去，但妳會不會更惹惱老闆就難說了。」

「啊，謝謝大哥！謝謝兩位大哥！」

寧寧感激涕零，好像求得了什麼寬容恕罪。

不過這時另一名壯漢開口了：「妳今天的聲音怎麼聽起來怪怪的？好像特別沙啞？」

「對啊，我也有這種感覺。」另一名壯漢馬上應和。

「啊，那是因為……咳咳，因為這陣子我都在哭……嚇壞了……哭壞了嗓子吧……咳、咳咳……」

「哼，妳最好快點養好嗓子，不然這種聲音可是會嚇跑客人的！」

寧寧趕緊點頭，不出聲，跟著他們繼續往前走。

迎面而來的景色，就是影劇裡常出現的聲色場所經典場面，衣著清涼身材姣好的陪酒小姐們，以及通常醉翁之意不在酒的客人們穿梭其中。

空氣中除了開得非常強的冷氣外，充斥著酒精味、菸味和小姐們身上的胭脂水粉香味。

音樂喧囂歡騰，櫃檯上放著大把大把的現金，正由接待人員清點計算。

雖然在這邊可以用虛擬的「夢幻幣」付款，大多數客人還是喜歡拿出一疊疊厚厚紙鈔、用力甩在桌上或撒在小姐身上，做足派頭。

寧寧看著這一幕，緊閉雙唇不發一語，繼續跟著帶路之人的腳步，穿過重重人群及轉角迴廊，最後來到位於最隱密角落的房門前。

「進去，好好求情吧。」

將寧寧帶到門口後，兩名大漢就站在門的兩側，冷冷地趕她進去。

寧寧先敲了門，得到了回應後，才握住冷冰的雕花門把，緩緩地推門而入……

「妳是來求我原諒的嗎？這不少見，很多妳的前輩都是如此。」

冷漠高傲的男性嗓音，從背對房門的牛皮大椅之後傳出。

「怎麼，不是要求我嗎？還是怕得說不出話來？」牛皮大椅後的聲音再度傳來。

又過了幾秒，安靜的空氣似乎讓他頗為在意，甚至有些動怒地說：「要求人還不快說，別浪費我的時間，惹惱我的下場妳不會想知道的。」

都撂下了重話，還是沒有聽見回應，牛皮大椅上的身影這才轉過來，準備對前方的女子飆怒——

「就這麼想點我的檯，想聽我的聲音嗎？相馬辰己男爵。」

「是你……！」

女子突然拋開方巾，用明顯是男性的嗓音回覆：「好久不見了，你可真難見上一面啊，相馬辰己。」

說著，對方一手扯下頭上的假髮，笑看著前方一臉錯愕的相馬辰己。

「居然是你……福斯特伯爵的隨從黑格爾……那麼，你在這裡的話，代表法蒂娜大概也……！」

「沒錯，我也跟著來了，相馬辰己。」

一腳踹開門，伴隨這句話一同闖入的身影，正是法蒂娜本人！

「法蒂娜……！」

「哈，不是早就預料到我會出現嗎？怎麼看到我還是這麼一副咬牙切齒樣？」

法蒂娜雙手抱胸，高傲的笑臉看在相馬辰己眼裡，就是充滿了嘲諷。相馬辰己往她的身後一看，這個動作馬上被法蒂娜注意到了。

「別看了，你的看門狗都被我打倒了，真是沒用的傢伙。麻煩你下次雇個有點力氣的吧？啊，可能也沒有下次了。」

法蒂娜一手撥甩一頭如雪的長髮，對一臉難堪的相馬辰己冷傲一笑。

「好了，既然這邊只剩下我們，就來坦誠相見吧——當然坦誠的人是你，相馬辰己。」

恢復原本裝扮的黑格爾默默繞過正在放話的自家主人，彷彿沒事一般將門輕輕關起。

「妳是怎麼來到這裡的……！」

「什麼啊？原來這是你第一個想知道的問題？真沒趣，我以為你會問更有意思的題目，比如說我掌握了多少真相之類的。不過，既然你都問了，我只能跟你說這就像你也有不可告人的假帳祕密一樣，都屬於商業機密嘛。」

法蒂娜的眼神充滿嘲諷俾倪。

「好了，讓你優先問了問題，現在換我。相馬辰己，以下是我的獨角戲，你用不著回應我，反正我都能從你的反應中看出真相。」

她清了清喉嚨，一邊嘴角扯起笑容。

「相馬辰己，你的『閃夢』公司表面風光，實際上虧損連連，之所以這麼表現難看，就是因為你的經營手段實在很爛。為了面子，為了尊嚴，更為了想往上爬、守住好不容易才到手的男爵位置，你必須努力撐住金玉其外、敗絮其中的『閃亮夢幻會』。」

「妳在胡說什麼……」

完全沒有理會相馬辰己的意思，法蒂娜直接打斷對方：「所以你得想辦法賺錢，而且要用最快的方式賺錢，不只要快，還要夠多。於是你先讓公司的會計配合你，做了一份漂亮的假帳。

「再來，你看中了『閃夢』中大多數女性玩家追求虛榮的心態——你創辦一家所謂的『公司』，讓漂亮的女性手下隨機拉攏女性玩家，通常都鎖定不經事的年輕女子，抓住她們想要變美變得更好、滿足炫耀欲的心，吸引她們進入『公司』。」

「根本就沒有的事……！」

「到這邊為止，我非常清楚就是這麼一回事。我一直很好奇『公司』的地點在哪，直到今天才知道，原來是這座看起來不起眼的公園啊。」

相馬辰己正要開口回應，法蒂娜馬上又說：「我的獨角戲還沒那麼快落幕，相馬辰己。所以，你暗地利用『公司』從事非法性交易的生意，藉此大量又快速地得到現金，得以填補『閃夢』的虧損。不過，我猜這個虧損應該是個黑洞，就算這麼做也無法那麼快填完。」

「這一切都只是妳口說無憑……！」

「怎麼會是口說無憑？我還有人證，就是那個本來要來求饒的『寧寧』。」

「就算有那女人又如何？妳沒有物證，只有口供也很難對付我！」

「相馬辰己，你是笨還是聰明？平常精明的你，現在是急了嗎？愚蠢到這種地步？可別忘了，你再怎麼厲害也只是個男爵——而我不巧是個伯爵，福斯特伯爵的稱號有時還挺有用的。再說，你還記得相馬家族裡的一個人嗎？」

「相馬家族的人……？」

「看來你是忘了啊，也是，貴人多忘事呢。有這麼大的公司跟地下『公司』要經營，你可是忙得很吶。尤其那傢伙近來早已淡出相馬家族，對你來說毫無利害關係的人，早就忘得一乾二淨。」

法蒂娜甜甜地假笑，拋出了一個人名：「相馬時夜，你還記得這個名字嗎？我以前跟你提過吧？這傢伙，在我姐過世之後離開了你們家族，目前還算過得不錯，當上了蘭提斯大陸的國際刑警。」

說著，法蒂娜用力地將手掌拍在相馬辰己的桌上。

「那傢伙現在可是握有公權力，加上我的伯爵身分，你這小小男爵要不治罪都難。」

「相馬時夜，妳是說當初和我……」

「哎呀，看樣子是想起來了啊？沒錯，就是當年和你一同競爭成為我姐姐法芙娜未婚夫的人選！」

「啊啊，我明白了，妳該不會一路追查我，就是為了當年的事情？我早有耳聞妳一直想找出凶手……但妳真以為我就是犯人？」

「原來你也聽說了，如此防備我，是不是正因為你就是當年害死我姐的凶手？」

「不是的——」

「我的話還沒說完！我調查過了，當時姐姐接觸你之後，留下了不好的評價，於是相馬家族放棄你，選擇了相馬時夜。因此，如此努力想攀附福斯特家族出人頭地的你，進而產生恨意、殺害了我姐姐！」

「不是這樣的——」

相馬辰己似乎想辯駁，但法蒂娜完全聽不進去。

「啊，你以為我會相信你？我也調查過了，在姐姐的死亡時間，你沒有任何不在場證明！只要我再徹查，證明你就是殺人凶手只是早晚的問題……！」

「我有不在場證明！」

正當法蒂娜儼然一副就要逮到凶手時，相馬辰己卻丟出這句話。

「什麼？」法蒂娜大聲斥道，「這怎麼可能，你才沒有不在場證明，別想再誆騙我了！」

「我沒騙妳！我就算想騙也騙不著！妳不是很厲害嗎？不是查到了我在『閃夢』裡開了『公司』嗎？妳自以為把所有事情都查清楚了，但妳忘了我們現在都在虛擬世界裡啊——」

法蒂娜再次愣住，相馬辰己趁機說道：「不信的話妳可以查看我的電腦，那天我就是登進『閃夢』，至於做什麼，不用我多說妳肯定都知道了——來，拿走我的電腦跟密碼，調出所有資料就一清二楚了！」

一旁的黑格爾立刻上前拿過電腦，迅速查看，隨後便露出有些不知該如何是好的神色，將螢幕轉向法蒂娜。

「法蒂娜大人，相馬辰己所言為真……當天確實有他的登入記錄，以及『公司』當天的帳目清算跟會議紀錄……」

「怎麼可能……」

法蒂娜愣了愣，一瞬間，彷彿所有力氣都被抽空，腦海裡迅速閃過法芙娜溫柔笑著呼喚自己的種種……

其餘的，她一時間都沒有任何感覺了。

The Villain Earl's
Discipline Diary

尾聲

「法蒂娜大人，您還好嗎？」

黑格爾端上一杯熱騰騰的紅茶，遞給坐在書桌前看著一疊資料的法蒂娜，略微擔心地問道。

在法蒂娜得知相馬辰己並非殺害姐姐的凶手之後，已經過了一週。她和黑格爾結束了在日和國的巡訪，回到了蘭提斯大陸本土。

然而，相馬辰己並沒有因為不是凶手，就得以逍遙法外。他們通報了國際刑警組織，讓相馬時夜再締造了一次紀錄——相馬家族的人逮捕了同族人，感覺真是說不上來的唏噓。

相馬辰己在檯面上及檯面下的公司，不是申請破產就是被消滅，他這個人也因為被捕入獄，額外調查出更多的非法罪名。

由於醜聞連連，不僅男爵的爵位被褫奪，就連相馬家族也做出了最擅長的事——將他除了名。

另一方面，獨角獸小姐姐似乎接受了證人計畫保護，自此無人知道她去了哪裡……只有在過了一週後的今天，法蒂娜才在家中信箱收到了一封沒有註明寄件資料的信。

內文寫著：

我現在過得很好，重新接受各種挑戰，雖然平凡也辛苦，但如今可以坦蕩地接受原本的自己了。很謝謝妳，冰焰雄獅。

一手拿著剛讀完的信件，法蒂娜轉過頭去，對著黑格爾冷冷一挑眉。

「我像是需要你擔心的樣子嗎？黑格爾。」

「呵，也是，我真是過度操心了。因為，您可是法蒂娜大人呐。」

看到這副反應，黑格爾不禁鬆了一口氣，莞爾一笑。不過他猜想，法蒂娜之所以心情恢復正常，大抵也是那封信的緣故吧。

雖然沒有揪出凶手，卻幫助了讓她想起法芙娜姐姐的女子……這讓法蒂娜大人重新振作了起來。

當然，這件事黑格爾是不會說破的。只要他最重要、也最心愛的法蒂娜大人能沒事，什麼都好。

「我到底還遺漏了哪裡……真正的犯人究竟是誰……」

法蒂娜拿起紅茶喝了一口，專注地看著滿桌的資料，其中也包含了法芙娜的日記。

「法蒂娜大人，您一整天下來也看了許久的資料，要不放鬆一下看看電視吧？有時候，稍微轉移注意力或許會有幫助。」

「也好，我就偶爾聽一下你的建議吧。」

法蒂娜打開電視，剛好正在播放新聞。聳動的特別報導讓她睜大雙眼，注意細看。

「前日，獅子心共和國王子亞綸由於酒駕上路，發生車禍意外，再度撞死一名無辜婦人。除此之外，副駕駛座上的乘客，一名年僅二十歲的女性友人也受了重傷，目前正在緊急搶救中……」

電視另一端傳來女主播的播報聲音，隨後新聞臺的右上角跳出一張照片，似乎是由偷偷跟蹤的狗仔所拍攝。

「亞綸王子特別喜好此型號的跑車，除了接連幾次酒駕紀錄都是駕駛這輛車之外，最早是深夜載著前福斯特家族繼承者、已故的法芙娜同車出遊而被拍到……」

「黑格爾！」新聞看到這邊，法蒂娜立即轉過身對著自家管家說，「你真是我的靈感謬思——這傢伙，亞綸將會是我的新突破口！」

法蒂娜會這麼宣告，不僅是因為新聞上的那張偷拍照片，是她從未見過的新線索，更由於「亞綸」這個人——

也是她「清單」上的最後一名嫌疑人。

——《惡役伯爵調教日記02》完

The Villain Earl's Discipline Diary

後記

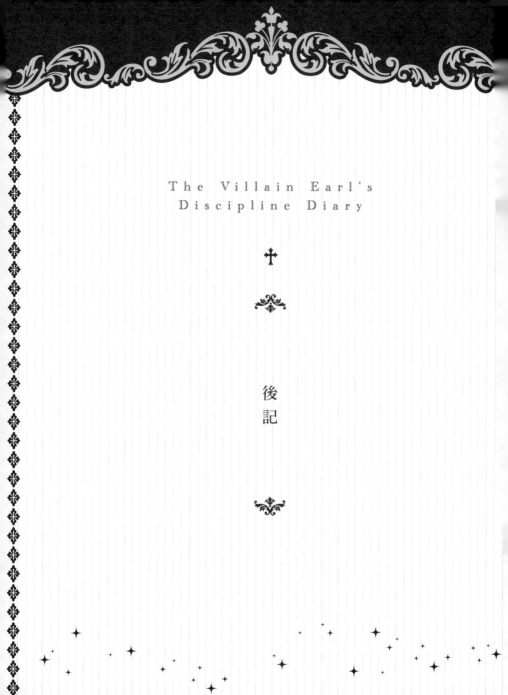

各位好，我是帝柳。

最近，我得了一種「後記詞窮症」……這幾年只要打開word、打上「後記」兩字後，我的腦袋就會跟頁面一樣空白。我知道大家很喜歡看後記，但是我常常不知道後記該寫什麼，特別是這幾年……這算是，年紀大了的關係嗎？（咦）。

好吧，那就來赤裸裸地談一下後記這種東西，我綜合這麼多年下來轉變的心路歷程。（不然，一時間我還真不知道要講什麼了）。

記得人生第一次出實體書時，寫到後記就有種滿滿好幾頁都寫不完的話要說，那種興奮，那種什麼都想一籮筐寫進去，什麼都想跟編輯和讀者分享的感覺。除了年輕，還有更多初生之犢不畏虎，以及滿腔的熱血。

漸漸的，每一本新書大都會需要寫上後記，當然也有我就是要賴不想寫的情況（笑）。但由於長年下來，一方面是時間久了，另一方面也是欣喜與熱情慢慢被冷卻、磨平，也就有了如今這種症頭。

這次，我把後記寫得比較赤裸直接，很大原因也是由於最近各種心力交瘁，讓我實在提不太出什麼正面能量跟大家閒聊。

再者，其實這陣子我也萌生了一些想要慢慢縮減創作量，甚至不排除暫停創作的想法。

在創作的圈子裡，特別是華文輕小說的小小世界內，各方面的壓力越來越難以忽視。比如出版業的大幅縮減，還有各種新進作者的後浪推前浪，縱使前浪沒死在沙灘上，大概也是苟活的局面……當然也有很強的大手依然活躍，不過看過更多已經早早不在創作圈的作者朋友，逐漸消失在茫茫小說海中。

我不確定這篇後記能不能放上來（笑）……但最近帝柳是真的有點心累了，不過請大家放心。無論這部作品是不是我短期內最後的創作，我都會好好負起責任，好好地寫完它，等完結後再認真考慮後續的事。不過，想要給自己一段時間好好休息，或者去做其他想做的事，這是一定的。

或許，我在這段期間可能又會蒙靈感大神寵召，想繼續創作了。

總而言之，還是非常感謝編輯們與讀者們的關愛與幫助，謝謝你們。

下一集，或許一切都會有不一樣的想法也說不定。

BY愛你們的帝柳

歡迎來帝柳的粉絲團：
https://www.facebook.com/hedy690/

高寶書版集團
gobooks.com.tw

輕世代 FW345

惡役伯爵調教日記02

作　　者　帝　柳
繪　　者　深　雪
編　　輯　林雨欣
美術編輯　林鈞儀
排　　版　彭立瑋
企　　劃　李欣霓

發 行 人　朱凱蕾
出　　版　英屬維京群島商高寶國際有限公司臺灣分公司
　　　　　Global Group Holdings, Ltd.
地　　址　臺北市內湖區洲子街88號3樓
網　　址　www.gobooks.com.tw
電　　話　(02) 27992788
電　　郵　readers@gobooks.com.tw（讀者服務部）
　　　　　pr@gobooks.com.tw（公關諮詢部）
傳　　真　出版部　(02) 27990909　行銷部 (02) 27993088
郵政劃撥　50404557
戶　　名　三日月書版股份有限公司
發　　行　三日月書版股份有限公司/Printed in Taiwan
初版日期　2020年11月

國家圖書館出版品預行編目(CIP)資料

惡役伯爵調教日記 / 帝柳著.-- 初版. -- 臺北市
: 高寶國際, 2020.11-
　冊；　公分. --

ISBN 978-986-361-904-8(第2冊：平裝)

863.57　　　　109007508

三日月書版

三日月書版

GOBOOKS
& SITAK
GROUP©

GOBOOKS & SITAK GROUP©